Álvaro Magalhães

O ESTRANHÃO

Álvaro Magalhães

O ESTRANHÃO

Ilustração de Carlos J. Campos

GLOBOCLUBE

E eu é que sou o Estranhão?

Olá! Eu sou o Frederico, que era o nome do meu avô, o Fred para a família e para os amigos (e para vocês também). Mas sou mais conhecido como Estranhão. Sendo eu um rapaz como outro qualquer, apenas com um Q.I. acima da média, isso é, no mínimo, estranho, não?

Sim, tenho minhas manias, ou não seria eu, mas outro qualquer, com outras manias: me dou bem com pouca gente, gosto de ficar sozinho escrevendo poemas ou histórias malucas e inventando coisas que não existem e que me fazem falta. Para a maioria das pessoas, isso é bastante estranho. Dizem que sei demais para minha idade.

esponja em forma de microfone (para cantores de chuveiro)
cinto-métrico (para controlar o peso sem ter de se pesar)
garfo-esferográfica (muito útil em almoços de negócios, quando é preciso assinar documentos)
guarda-chuva para cães
(basta virá-lo ao contrário, como costuma fazer o vento)
máquina da felicidade (ainda em projeto)
CONDENSADOR
FILTRO

Também é verdade que me acontecem coisas estranhas, como isso de nascer numa ambulância, no meio da ponte, no meio da noite, (só a ambulância era uma ambulância inteira), quando minha mãe estava no meio do caminho para o hospital.

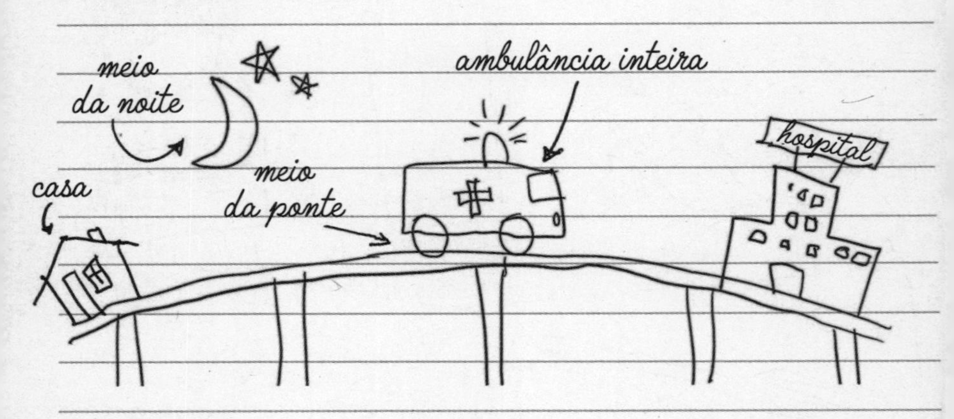

Eu estava sonhando, e gostando daquele sonho, quando, de repente, alguém acendeu as luzes e ligou o som. Abri os olhos, muito assustado, e a primeira coisa que vi foi um homem de uniforme. Não gostei. Era apenas um médico da emergência, mas sei lá, né? Vejam bem: vinha de um lugar calmo e sossegado, da barriga da minha mãe, e pensei que tinha chegado a um mundo em guerra, também de tanto que a sirene não parava.

Ainda hoje me encolho todo e tapo os ouvidos quando ouço uma sirene; e tenho uma aversão a quem usa uniforme, seja qual for. Seja policial, escoteiro ou funcionário do McDonald's, uniformes me incomodam.

Bem, já perceberam que por fim acabei nascendo. Ainda tentei resistir e regressar à barriga da minha mãe, mas a sorte estava lançada.

O homem de uniforme (não disse que não são de confiança?) já tinha cortado o cordão umbilical. Ainda hoje, quando respiro fundo, o mundo cheira a ambulância e hospital. Mas também será essa a razão para me chamarem Estranhão? Não.
O problema é este: parece que usamos apenas um por cento das capacidades do nosso cérebro. Estão vendo? Andamos sempre com uma nota de cem reais no bolso e não conseguimos gastar mais do que um real.

E eu, pelo visto, uso 1,01%. Nada de mais, né?
Mas é suficiente para me chamarem de Estranhão.

E não pensem que me orgulho de ter uma inteligência acima da média. Pelo contrário, faço tudo o que posso para passar despercebido. O truque é adaptação. É assim, se adaptando, que a nossa espécie sobrevive há quatro milhões de anos; e não me resta alternativa, pois não tenho outra casa, outra rua, outra cidade, outro planeta onde viver.

Às vezes, finjo ser estúpido para evitar conflitos com os que fingem ser inteligentes.

O problema é que nem sempre consigo me controlar. É aí que as pessoas dizem ou pensam: "Este rapaz é estranho!" Foi o que disse minha mãe, ao ver meus cadernos com invenções para o século 21, poesias e histórias malucas. "Estranho? É estranhíssimo", disse meu pai. E minha irmã:

Da casa, o apelido passou para a rua e da rua para a escola e da escola para todo lado. Agora, sou, justa ou injustamente, o Estranhão. A gente não escolhe o apelido, ele nos escolhe. Pior ainda: apelidos não têm prazo de validade. Alguns, os piores, ficam na gente para sempre, como uma cicatriz ou uma tatuagem. Meu pai tem um amigo a quem os colegas ainda chamam de "Quatro Olhos", apesar de, agora, usar lentes de contato em vez de óculos.

Aviso:
um apelido
pode durar
a vida
inteira,

Você, Estranhão, aceita Mariana Sousa...
Aqui jaz o Estranhão 2014-2088
Quem inventou a pasta com duas tampas?
Frederico Sá, que viveu no século 21.
Não foi nada, foi um tal de Estranhão.

Estranhão... Eu é que deveria ser a regra, o exemplo, o normal, e os outros a exceção, mas não; o que conta é o ponto de vista deles, que são muitos mais.

É assim que as coisas são. E agora, vamos lá. Minha história vai avançar, mas não contem com grandes feitos, é uma história como outra qualquer, só que um pouquinho mais estranha, pois então;

ou não seria a história
de um Estranhão.

A história do menino-marisco

Os dias podem ser chatos, ruins, péssimos, do pior, ou então bons, mais ou menos, legais, memoráveis, uma porcaria, ou então nada disso, que é quando não acontece nada e até parece que não houve dia. O dia que vou contar parecia ser ruim, com tendência a piorar no meio da tarde, quando chegasse à escola.

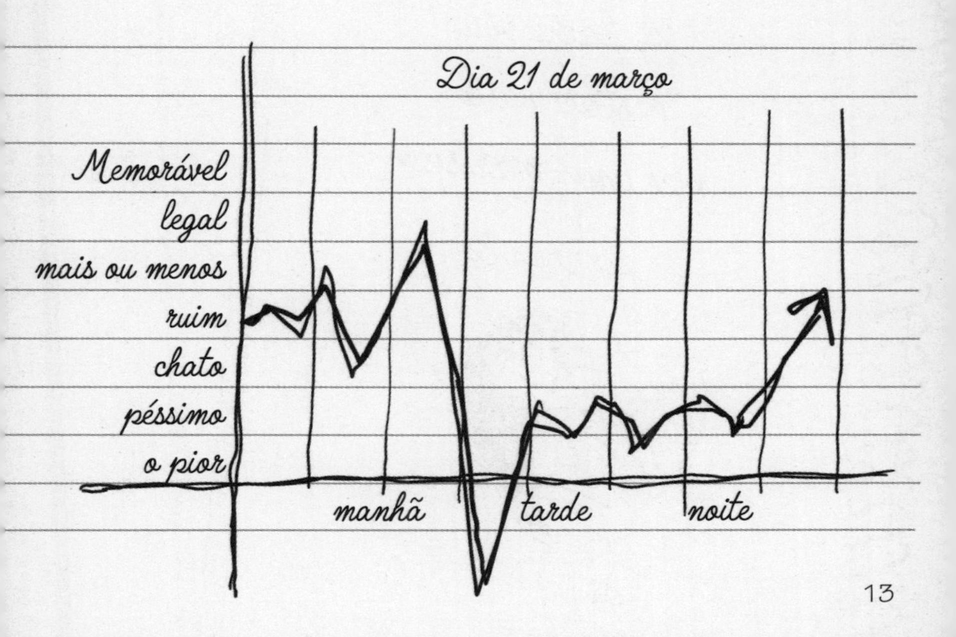

Um dia ruim se reconhece pelo clima (de dia ruim), pelo cheiro (de dia ruim), que vem de todos os lados, até da cozinha, a tripas com feijão para o almoço, essa coisa incomível e detestável. Santo Deus, não sabem que preciso de uma alimentação mais saudável?

Mas um dia ruim, ou que para lá caminha, dizia eu, pode ser um dia bom para certas coisas, como ficar em casa inventando histórias. Por isso, me estendi na cama com o caderno pautado que tem um gato azul na capa, e escrevi e desenhei.

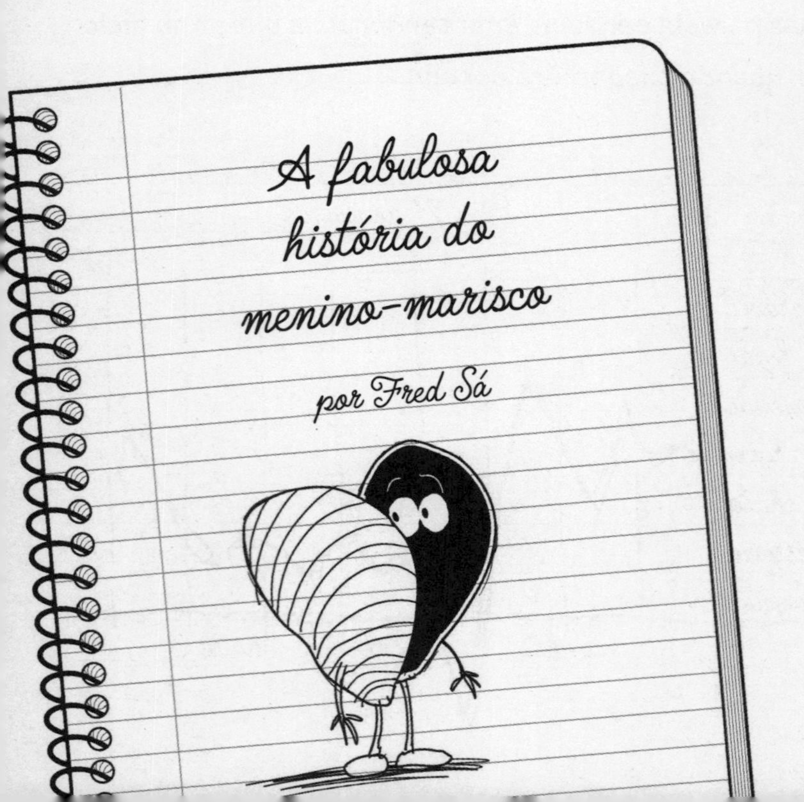

De vez em quando, sabe-se lá por que, nasce
uma criança muito diferente das outras.
Foi o caso do menino-ervilha,
da menina-esponja, do menino-mancha,
da menina-berinjela. Mas quem
estava à espera de um menino
com uma concha que abria
e fechava perfeitamente,
como a concha de uma ostra,
de um marisco,
de um mexilhão?

Era engraçado, o menino-marisco. Um garoto normal, com cabeça, boca, nariz, olhos, pescoço e duas pernas; tudo normal, não fosse uma concha. Quando queria se esconder do mundo, se fechava na concha e ficava lá dentro, muito sossegado. A verdade é que chega uma hora em que todos precisamos nos esconder do mundo (e, às vezes, de vez). E onde está a nossa concha? Pois é, em lugar nenhum. Nos falta isso. Talvez sejamos imperfeitos.

E agora vem a parte triste: estão preparados? Um dia, os pais do menino-marisco o levaram para a praia. Mas, enquanto ele estava distraído, eles se aproveitaram e... o abandonaram.

E lá ficou ele, sozinho, imaginando um mundo de meninos--ostra, meninas-marisco, homens e mulheres-mexilhão. O boato de um marisco gigante na praia se espalhou rapidamente, atraindo pescadores de todos os cantos. E tanto se falou daquilo que, por fim, já se dizia que ele era do tamanho de uma casa, ou maior ainda; mas não, era apenas do tamanho de um garoto.

Tão obcecados pela busca, pescadores, caçadores de curiosidades, jornalistas e curiosos acabaram capturando o menino-marisco, que descansava tranquilamente em uma gruta.

Quatro homens o colocaram em uma caminhonete.

Decidiram preparar uma sopa de marisco-gigante, que sempre dava para todo mundo, pois todos queriam saber que gosto tinha um marisco-gigante. "Tem gosto de marisco, só que gigante", disse alguém que passava por ali. Outros quatro homens o colocaram dentro de um panelão enorme com água fervendo, sal, azeite e um limão. A ideia era incluir a carne do marisco na sopa gigante. Foi então que o garoto começou a suar e, sufocando dentro da concha, abriu-a só um pouquinho e pediu, com voz trêmula:

A multidão fugia em pânico, seus gritos e gemidos ecoavam pelo ar. Pudera. A ideia de serem o prato principal era aterrorizante. Foi então que alguém surgiu correndo... Quem seria?

Aqui fazemos uma pausa para vocês tentarem adivinhar quem apareceu para salvar o menino-marisco.

- [ ] – Os pais dele, arrependidos de o terem abandonado?
- [ ] – Uma senhora que ia passando na rua e ouviu os gritos?
- [ ] – A guarda costeira?
- [x] – Nada disso. Quem apareceu foi uma linda...

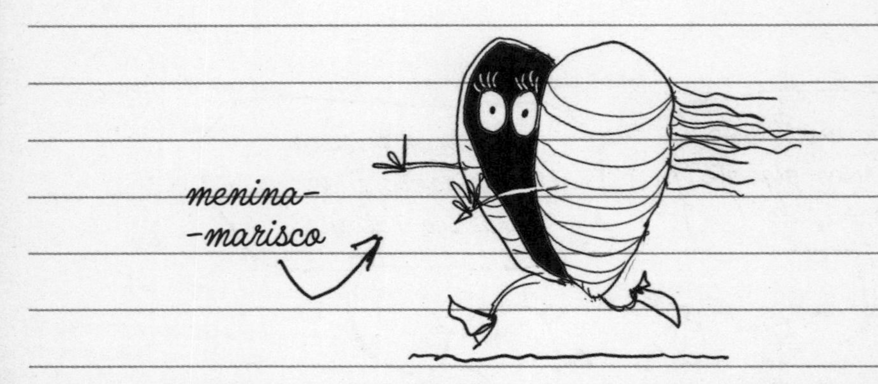

Era uma menina como outra qualquer, só que também tinha uma concha. Desde que ouviu falar de um garoto com uma concha o procurava por todo lado. Ela estendeu a mão ao menino-marisco e ajudou-o a sair de dentro do panelão.

Ele só sabia que estava refogado, cheio de calor, e não era só da água fervente. Nunca tinha visto uma menina-marisco, só nos sonhos, ao fundo da caverna, e agora, diante dela, não sabia como reagir.

– Eu sonhava com você – disse ele, por fim –, mas pensava que era só um sonho.

– Não – disse ela –, era eu, que também estava sonhando. Deram as mãos e caminharam, calmamente, conversando, rumo ao horizonte distante, suas conchas se tocando levemente.

(Nota do autor: Tive de arranjar um final feliz por causa das meninas. Se a história acaba mal, se sentem enganadas, pois acham que nunca leriam uma história sem um final feliz; e elas são as melhores leitoras, os garotos, de maneira geral, estão ocupados com outras coisas.)

Que história mais sem pé nem cabeça, não é mesmo? Se eu mostrasse para minha mãe, ia logo dizer que meninos-marisco não existem, só garotos que comem mariscos, que inclusive era o jantar. Logo, aquilo era um disparate. Por isso, telefonei para o Alex, meu único amigo, li a história e ele se acabou de rir,

enquanto dizia que também gostaria de ter uma concha daquelas, por mais difícil que fosse fazer certas coisas, como ir ao cinema ou viajar no metrô.

Mas seria muito útil quando não quisesse ser incomodado.

– Na próxima – disse ele – faz um cara com uma concha portátil. Assim, ele pode levar uma vida normal e, quando quiser, veste a concha e se fecha lá dentro.

Era uma boa ideia para um negócio, pensei, conchas portáteis de todos os tamanhos, para todo mundo. Quem é que não precisa?

Mas ainda sou muito novo para pensar em negócios. Prefiro não me envolver nisso, só que não consigo bloquear as ideias para negócios a tempo e elas acabam surgindo. Tenho ideias para tudo, até para o que não é preciso.

– Acha que vou ser um escritor famoso? – perguntei ao Alex.

– Talvez – respondeu ele – se também apresentar o telejornal.

Não estava nos meus planos
apresentar o telejornal e famoso
me bastaria ser só um pouquinho.
Pessoas famosas sofrem
bastante, estão sempre no
centro das atenções, sendo
incomodadas. No fim, o que mais
desejam na vida é serem gente
comum. E compreendo elas:
quando um desconhecido olha
para mim por mais de dois
segundos, já começo a suar.

O extraterrestre

Num dia assim, ameaçador, faço tudo o que posso para escapar da realidade, pois é daí que vem o perigo. Também gostaria de estar fechado na minha concha. Mas onde está ela? Jogar *Uno* ou *Minecraft* é sempre uma opção, pois descarregamos as energias negativas competindo, mas são atividades cansativas, sobretudo se as fizermos dezesseis vezes seguidas.

Por isso, procurei no YouTube música para equilibrar os hemisférios cerebrais e sentei-me na cama com as pernas cruzadas e os olhos fechados. Chamam isso de meditação, mas eu prefiro pensar numa espécie de ligação telefônica, pois estou apenas tentando entrar em contato com o centro do Universo e as melhores energias cósmicas. Vale sempre a pena arriscar uma ligação.

A coisa só funciona quando esvaziamos a cabeça de pensamentos, maus ou bons, tanto faz. Mas é difícil e leva tempo; 90% dos nossos pensamentos são lixo, mas custa nos livrarmos deles. E há sempre um ou dois mais teimosos que se agarram aos neurônios, os "pensamentos-chiclete", que nem vale a pena espantar. E quando, por fim, conseguimos expulsá-los todos, até os "pensamentos-chiclete", que ficam pendurados do lado de fora, chegam outros pensamentos, de repente, em que já não estávamos pensando.

Deve ser por isso que minha ligação ao centro do Universo nunca funcionou. Era como se quisesse fazer um telefonema, mas não houvesse sinal.

Mas isso foi até que chegou este dia aparentemente ruim de que estamos falando. Foi o dia em que a ligação ao centro do Universo, finalmente, funcionou.

Já não sei se foi um sonho, pois posso ter adormecido, ou uma visão. Sei que entrei em contato com as energias cósmicas e tive uma revelação. E assim fiquei sabendo que sou diferente (estranhão, dizem os outros) porque vim do espaço, de um planeta nos confins da nossa galáxia. Assim que eu nasci, meus verdadeiros pais me teletransportaram para cá (já vão ver por quê).

No planeta deles há tanta paz, tanta harmonia, tanta perfeição, que as histórias sequer se formam. Aliás, até que se formam, mas se perdem. Paz, harmonia e felicidade são monótonas. Confusos? Vejam isto:

Não acontece nada com este gato, pois o mundo dele está em paz, quer dizer, parado. Quando muito, pode virar para o outro lado e continuar a dormir, ou erguer uma pata para se coçar – e o tempo vai passando. Mas onde está a história? Lugar nenhum.

No entanto, se for assim:

O gato está dormindo na caminha do cão.

Aí sim, temos uma história!

Por quê? O cão chega à sala, pronto para tirar um cochilo e encontra a sua linda caminha ocupada, e logo por um gato, que é como se fosse seu arqui-inimigo.

O que vai acontecer?

Eu respondo:

UMA HISTÓRIA.

AU! AU! AU! GGGRRR! AU! AU! GRRRR! MIAAAU! FSSS! GRR! FSSS! AU! AU! GGRRR!

Enquanto eu escrevia isso, deitado no sofá da sala, minha irmã apareceu e começou a berrar, porque eu estava deitado em cima da roupa nova dela. Ela ficou furiosa, pois pretendia ir à loja trocar e agora já não podia.

Também fiquei furioso porque ela, para se vingar, foi ao meu quarto e estragou o meu detector de visitas indesejadas. Gritei bem alto que ia contar para o papai que ela estava pensando em fazer uma tatuagem. Era só uma ameaça, mas papai estava colocando a chave na porta e ouviu o que eu disse.

Ops!

Minha irmã se fechou no quarto e disse que mamãe a tinha autorizado. Aí papai perdeu a cabeça.

– Autorizou? Ela só pode estar louca! – disse ele.

Depois, foi buscar uma cerveja na geladeira e arrancou a tampa com os dentes. Caramba. E então telefonou para a loja 4 dos supermercados "Favo de Mel", onde a minha mãe trabalha, mas disseram que ela não estava, pois tinha ido ao café com o gerente.

Meu pai desligou, pensando naquilo. Ficou com ciúmes, foi isso mesmo. Depois, ligou para minha mãe, no celular, mas ela não atendeu.

– Vou passar por lá – disse ele, antes de bater a porta com toda a força.

Isso enquanto minha irmã me perseguia pela casa inteira, jurando que ia fazer picadinho de mim.

E por aí vai, não querem ouvir toda essa história, né? O que importa é que tudo isso aconteceu por causa do gato estar dormindo na caminha do cachorro. Entenderam agora? Bem, os extraterrestres que me mandaram para cá adoram nossas histórias de amor. Não há nada igual no Universo inteiro. E, lá de cima, olham para nós, como nós olhamos, à noite, para um filme ou uma novela.

Foi assim que eu vim parar aqui, neste planeta esquisito, numa periferia mal frequentada da nossa galáxia, para viver minha história, do jeito humano.

Não sei se foi uma boa ideia...

Estava eu nesse pico cósmico elevado, quando me senti balançando, e abri os olhos e vi minha mãe, muito espantada, olhando para mim. A realidade! Ela está sempre à espreita, nos chamando, o raio da verdade. E quase sempre tem a forma de uma mãe.

– Estava dormindo sentado, com as pernas cruzadas? – perguntou ela.

– Estava meditando, mas acho que adormeci.

De repente, tudo parou ao meu redor, como se o mundo tivesse prendido a respiração.

– O quê? Eu sou o quê? – perguntei.

– Que você é um extraterrestre – repetiu ela, e não estava sorrindo, brincando. Estava com uma expressão séria.

– Como você sabe? – perguntei.

Ela olhou para o céu através da janela. Depois disse:

– Uma noite, entrei no quarto e havia uma luz estranha, azulada, muito brilhante, que desapareceu logo em seguida. Ficou um bebê recém-nascido num cesto de palha, sorrindo.

Fiquei confuso, pois bastava ter perguntado à minha mãe para saber a verdade. Não era preciso entrar em contato com as energias cósmicas, as terrestres bastavam.
Mas poderia ser verdade? Só quando estava imaginando, ou meditando ou sonhando. Era a verdade da imaginação.
Mas na realidade? De verdade?

A essa altura, confesso que já estava odiando a ideia de ter chegado, teletransportado, dos confins da galáxia, para viver uma história. Uma coisa era sonhar ou imaginar que era assim, e outra era saber que isso podia ser verdade.

Minha mãe deve ter percebido,
porque morreu de rir.

Hahaha!

Depois, me abraçou enquanto
dizia, ainda rindo:

Olha só! Brincar com uma coisa dessas... Os terráqueos podem criar muitas histórias de amor, mas devem ser as criaturas mais estranhas do Universo. Já a caminho da porta e ainda rindo, ela acrescentou:

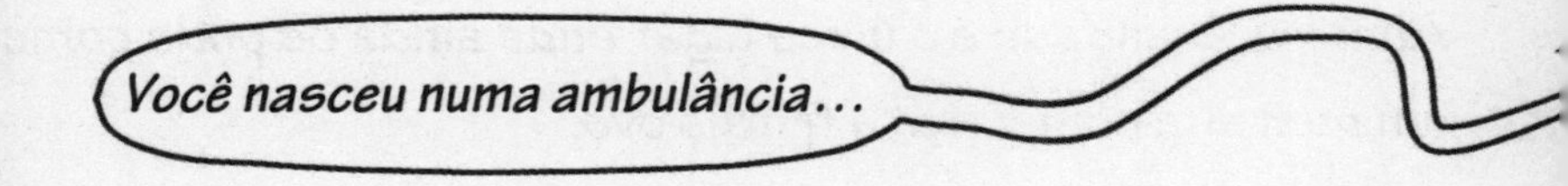

Já te contei isso. Na verdade, foi assim. E, na verdade, eu era apenas filho da minha mãe e do meu pai. Não era tão ruim.

Antes de sair, minha mãe voltou e disse:
– *Vem almoçar, que hoje seu pai vai te levar à escola.*
– Legal! – *disse eu, pensando que, pelo menos, ia evitar o sufoco do ônibus. Almoçar já podia não ser tão bom, então perguntei:* – Não é dobradinha, o almoço? Senti um cheiro...
E ela respondeu:
– *É, mas faço um bife só para você.*
– Com ovo frito? E batata frita?

Afinal, a Realidade *é* o único lugar onde ainda se pode comer um bom bife com batata frita e ovo.

Meditando,
sonhando,
isso nunca me
aconteceu.

A mais bela história de amor...

E agora, prendam a respiração.

A mais bela história de amor do Universo está chegando: é a história de amor de um homem pelo seu lindo carrinho.

Não há outro igual, nem o amor de Romeu e Julieta.

Depois do almoço, peguei carona com meu pai para a escola, que teve tempo de vir almoçar em casa. Estava livre dos apertos sufocantes do ônibus, mas não imaginava o que me esperava. Antes de entrar no carro, meu pai deu uma volta completa ao redor dele, para estabelecer contato visual. Depois, pousou a mão, delicadamente, no teto do carro, para estabelecer contato físico.

Em seguida, deu dois pontapés suaves e afetuosos em um pneu, que é o equivalente a beijar uma mulher, abraçar um amigo, acariciar um filho, cumprimentar o cachorro.

Só que com muito mais amor. E reparem: não estou falando de atenção, carinho, não, mas de amor louco, desenfreado, que faz o coração disparar.

Ficaram os dois, assim, como se estivessem combinando alguma coisa, em silêncio, até que meu pai recuou dois passos para uma última olhadela, antes de entrar.

E foi então que os olhos dele se arregalaram, horrorizados.

Eu não via nenhum arranhão, por mais que olhasse. Mas cada um vê o que quer ver.

Então, ele pegou minha mão e passou os dedos lá, que sentiram perfeitamente que… não havia nada ali.
– Sentiu? – perguntou ele.
Disse que sim, que senti alguma coisa, pois, da última vez que disse a verdade, ele perdeu a cabeça e começou a gritar, dizendo que eu tinha de ver.

Então, ele começou a polir, carinhosamente, com saliva, a área afetada.
– É só um arranhãozinho – confessou, então, e decidiu, finalmente, entrar no carro, embora ainda pensando no arranhãozinho.

Entramos na selva da estrada, com meu pai sempre arranjando confusão com os outros motoristas.

Alguns entravam "sem dar seta",

outros iam "dormindo e atrapalhando",

outros eram de toda espécie de animais porque o ultrapassavam.

Até que, a certa altura, ele se calou e desligou o rádio. Depois, disse, com um ar sério:

Pensei que ia começar uma guerra, uma tempestade, um terremoto ou algo assim. Mas não, era ainda mais grave.

Eu não disse que era grave? E sabem por quê? Um barulho estranho é o sinal de uma anomalia. Pode passar de barulhinho a barulhão. E isso não. Então, meu pai ficou com aquele ar de médico que está auscultando um paciente e, a certa altura, disse:

Podia ser, sim, mas um ouvido de criança não é sensível aos gemidos de um aglomerado de chapas, digamos assim.

– Não será só um barulhinho? – perguntei.

– Sim, mas dá pra ouvir bem. Agora... Ouviu?

Tive de dizer que sim, para a coisa avançar, ou ele ia começar a gritar, dizendo que eu tinha de ouvir.

Vejam os sentidos que meu pai me obrigou a usar numa viagem tão curta: audição, tato, visão. Pelo menos, no ônibus, eu ia apertado, mas não passava por essa aflição. Quando confirmei a "doença" do carro, ele logo encostou no meio-fio, abriu o capô e ficou ali, olhando, esperando que o carro lhe dissesse:

Quando eu estive doente, ele não se preocupou tanto nem foi tão carinhoso. Ou seja, é melhor pai de carro do que pai de filho. Mas acho que são quase todos assim. Coitado, nem é um pai ruim, o meu, para quem não teve nenhuma formação na área. Num mundo perfeito, quem teria de ir para a escola seriam os pais. Para a Escola dos Pais, onde aprenderiam a ser pais.

Quem quiser dirigir um carro, um barco, um avião, vai para uma escola aprender. Mas criar um filho até ele se tornar um homem, supõe-se que já se nasce sabendo. Tudo isso me passou pela cabeça, como um filme, enquanto meu pai ligava para o mecânico, para marcar uma consulta para o fim da tarde. Em certo momento, pus a cabeça para fora e protestei:

Mas ele reagiu mal e começou a gritar:

Sim, era uma grande falta de sensibilidade. Não era?

E o tempo passando.

Não queria chegar atrasado à escola, ter mais uma falta e ficar quase uma hora lá fora, ao alcance dos grandões do nono ano.

– É só um barulhinho, ele aguenta – falei.

E meu pai:

– Eu sei, é um baita carro, mas não quero forçar, coitado.

Ouviram bem. Ele não queria forçar o carro, mas me forçava a ficar ali… Quando eu estive gripado, na semana passada, ele só dizia:

Pois é, cheguei a ter ciúmes de um carro, a desejar ser um carro para ele me tratar tão bem; e também pensei que, quando crescer, não vou dirigir, mas sempre andar de metrô ou de táxi, não quero ter nenhum caso amoroso com um monte de chapas.

Os pais são um exemplo para os filhos, e o meu também é. Basta ver o que ele faz e, depois, fazer exatamente o contrário.

A certa altura, já íamos a caminho da escola, nós e o barulhinho, e o arranhãozinho, entramos numa fila que não andava.

– Estou perdido! – exclamou o meu pai quando viu que era uma blitz.

E acrescentou:

– Ai se me fazem o teste do bafômetro. Ontem à noite bebi uma taça de vinho, mais outra, depois uma dose de uísque para "assentar"; ou duas, foram duas, eu acho, nem prestei atenção.

– O quê? Foi uma sorte não ter pegado fogo – falei, me afastando mais dele. Pelo visto, era um dia ruim também para meu pai, que teve mesmo de fazer o teste do bafômetro; e pela cara do policial, o resultado deve ter sido "POSITIVO PARA FERMENTADOS E DESTILADOS".

Depois, o policial começou a falar com meu pai na linguagem dos policiais.

Não sei se vocês já repararam, mas os policiais falam um português especial, o POLICÊS, que é o português da polícia. Todos os que eu conhecia falavam assim, sempre os via no jornal explicando, em policês, que "se tinha verificado uma ocorrência que envolveu três viaturas", quando estamos mesmo vendo que foi só um acidente com três carros. É verdade, na Polícia, até a língua anda fardada e é colocada na ordem.

Enquanto eles falavam, cada qual na sua língua, comecei a imaginar a *escola da Polícia*.

Depois, à noite, quando chegava em casa, um daqueles alunos dizia à mulher:

Mas lembrava, logo em seguida, que ainda não era policial e consertava, para português:

Dali até a escola, o meu pai nunca mais se calou, dizendo que tinha de se apresentar a um juiz no dia seguinte e podia ficar sem dirigir por uns meses.

– O que vai ser de mim? – dizia, suspirando, de minuto a minuto.

Para consolá-lo, falei:

– Deixa pra lá! Um carro parado não faz barulhinho, e você sempre pode dar pontapés nos pneus.

Mas ele ficou ainda pior. Por isso, daí em diante, me limitei a alguns sorrisos amarelos.

Foi uma sorte eu ter chegado intacto à escola, sem mais nenhum problema, e aí é que o meu dia real ia começar pra valer e eu ia ver se era mesmo ruim, como parecia, ou não.

Deseducação física e outros problemas

Um dia na *escola* é como fazer uma viagem ao centro da selva: os mais fortes dominam os mais fracos e os diferentes são considerados anormais, sem lugar no mundo.

Para mim, é um lugar perigoso onde é preciso sobreviver usando astúcia, discrição, rapidez, mentiras, boas ideias, hipocrisia, o que for preciso. A vida também é assim? Pois é, deve ser por isso que inventaram a escola, para funcionar como um treino intensivo para o resto da vida. Uma espécie de estágio não remunerado.

Mas a quinta-feira à tarde é ainda pior por causa da Educação Física. É um abuso. Quem disse que eu quero ser educado fisicamente? Ainda mais se essa educação envolve correrias, jogos violentos com bola, saltos, acrobacias que colocam nossa saúde física em risco.

E saímos de lá mais bem educados fisicamente? Claro que não. Se sairmos inteiros, já é uma grande proeza. Falo sério:

Como cheguei atrasado por causa do problema com o carro do meu pai, o vestiário já estava vazio, mas o cheiro sufocante de todos que por lá passaram ainda estava no ar. O fato de ter que me despir e ficar de cueca em público, mesmo que chamem de shorts, com minhas pernas fininhas à mostra e no frio, já é uma intimidade desnecessária. Mas enfim...

Juntei-me aos outros, que estavam correndo em volta da quadra. Seguiu-se uma série de exercícios leves, como alongamentos, abdominais, flexões, e até aí tudo bem. O pior foi quando passamos para a quadra e para os exercícios com aparelhos, que me pareceram exagerados e com elevado risco. Educação física, dizem eles. Só falta nos colocarem para fazer *bungee jumping* na torre da escola e dizerem que estão cuidando da nossa saúde.

Subir uma parede, balançar pendurado em argolas, manter o equilíbrio em cima de uma barra... Queria saber para que serve isso, se já não precisamos saltar de galho em galho à procura de alimentos. Muitos fazem isso, eu sei, vejo as Olimpíadas na TV, mas são pessoas que sonham com medalhas no peito e não fazem outra coisa. Já eu, tenho mais o que fazer.

Na fila, esperando minha vez, olhei em volta e só pensava no que poderia acontecer.

Chegou a minha vez de saltar um bloco maior do que eu. E acho que eu ainda o via muito maior do que ele era.

Sei qual é a ideia deles: se formos capazes de saltar desde pequenos um bloco tão grande, no futuro, seremos capazes de vencer qualquer obstáculo. Mas é evidente que nenhum desses obstáculos será um bloco. Então, para que saltar um bloco?

Todos estavam se acotovelando atrás de mim. Sentia a pressão nas minhas costas.

– Um momento, professor. Estou pensando... – falei.

E logo soou uma voz atrás de mim:

– Ele é um intelectual. Um Estranhão.

Era a voz do Marcelo, o Idiota.

Logo me afastei e deixei ele passar, pois há um provérbio que diz: nunca se aproxime de uma cabra de frente, de um cavalo por trás e de um idiota por nenhum dos lados.

O professor veio falar comigo e colocou um braço no meu ombro, carinhosamente.
– Não tenha medo, viu?
O medo. Pois é, eu sei que é o medo me avisando, dando o alarme. E daí? Se não tivéssemos medo, estaríamos sempre fazendo besteiras que nos colocam em risco, como saltar obstáculos maiores do que nós, ou rodopiar no ar agarrados a uma barra.

– Salta sem pensar – disse o professor.
Fiquei pensando naquilo. Saltar sem pensar? Só conseguia pensar em não saltar. O Pedro, que estava agora atrás de mim na fila, me empurrou para eu sair da frente. Ele é atlético, confiante. Lá foi ele, peito estufado, passos largos e decididos. No momento de saltar, porém, hesitou, trocou as pernas e bateu de frente na madeira do bloco. Foi como se tivesse batido em alta velocidade contra um muro.

Levaram ele dali, agarrado ao nariz, ao joelho, aos dedos dos pés. Tinha se machucado de cima a baixo. Fiquei pensando que pensar nas coisas antes de fazer sempre trouxe algumas vantagens. Talvez esse hábito tão sensato também venha da pré-história.

Não quer dizer que o que aconteceu ao Pedro aconteceria comigo, mas esse acidente só reforçou minha opinião de que esse tipo de educação física nem educa nem faz bem à saúde.

Como o professor ficou ocupado com o transporte do ferido para a enfermaria, talvez para o hospital, a aula acabou mais cedo. Mesmo assim, eu me sentia mais cansado do que se tivesse acabado de subir o monte Everest. Se não foi de saltar, foi de não saltar, ou então da tensão nervosa, ou de tanto pensar.

Os outros aproveitaram para jogar futebol e o Alex, meu único amigo, também, mas eu já tinha minha dose de má educação física. Para não ficar sozinho, sujeito a cruzar com o bando das cavernas,

me refugiei na biblioteca.

Gosto da biblioteca, que é o lugar onde mais e melhor se aprende na escola inteira. Por quê? Porque tem livros. Não estão ali para nos ensinar nada, mas se soubermos ouvir, eles nos dizem tudo o que é preciso saber. Ler é viver outra vida.

Por sorte, havia um problema com os computadores e só estavam lá os alunos que gostam de livros e de ler, ou seja, ninguém.

– Boa tarde – disse baixinho, e fui andando.

A bibliotecária estava preenchendo um formulário escolar, com os óculos no meio do nariz, e recitou, mecanicamente, algumas recomendações.

Nem as ouvi porque não pretendia fazer nada que não fosse recomendável. Só ler um livro. Um livro qualquer;

e descansar um pouco do absurdo da vida.

Como disse, não estava interessado em nenhum livro em particular, mas um que tinha o desenho de um inseto gigante na capa me chamou a atenção. Como tenho fobia de insetos, fiquei curioso.

Era *A Metamorfose*, de um tal Franz Kafka, de quem eu já tinha ouvido falar. Peguei o livro e sentei na última fila de cadeiras, perto de uma janela onde batia o sol.

Mas fiz mal. Tratava-se de um daqueles livros mágicos que, sem que percebamos, tomam conta de nós.

Começamos a ler e esquecemos que estamos lendo, deixamos de ser quem somos e de estar onde estamos, e passamos a fazer parte da história.

Quando Gregor Samsa despertou, certa manhã, de um sonho agitado viu que se transformara, durante o sono, numa espécie monstruosa de inseto. Permaneceu de costas, as quais eram duras como uma couraça, e, erguendo um pouco a cabeça, conseguiu ver a saliência do seu grande ventre castanho, dividido em nítidas ondulações e as inúmeras pernas, lamentavelmente finas, que se agitavam desesperadamente.

Nessa altura, eu já não estava mais na última fila de cadeiras da biblioteca, mas no quarto acanhado e sombrio do tal Gregor Samsa.

Coitado, o que iria acontecer... E, no entanto, eu estava ainda ali, na biblioteca, e continuava lendo:

"Que me terá acontecido", pensou ele. Não era sonho. O seu quarto, verdadeiro quarto de homem – embora um tanto pequeno – continuava tranquilo dentro das suas quatro paredes familiares.

Nessa hora, meus músculos começaram a ficar tensos, muito tensos, duros como madeira ou pedra, e, então, havia aquela sensação de algo estalando nas minhas costas, que estavam endurecendo e se alargando. Sim, eu inteiro estava crescendo. Onde isso iria parar?

A bibliotecária finalmente levantou os olhos do formulário que estava preenchendo e gritou, muito alto:

– Aaaah! Um inseto gigante!

– Onde? Onde? – perguntei, aflito. Odeio insetos, ainda mais gigantes... Olhei para o vidro da janela e percebi que o inseto gigante era eu.

“Também tinha um ventre castanho e não sei quantas pernas, lamentavelmente finas”. Ah, e também gritei, assustado:

– Aaaaaah! Um inseto gigante!

Por fora, era um inseto gigante, mas por dentro, era eu, um garoto que detestava insetos. A bibliotecária saiu correndo, gritando. Eu queria fazer o mesmo, mas não passava na porta, só a ponta da cabeça. Mas era eu, esse inseto gigante. Como eu poderia fugir de mim mesmo?

Pouco tempo depois, a professora voltou com mais gente, e os mais corajosos espiaram, cautelosos. Cada vez mais gente se juntava lá fora. Todos queriam me ver e, então, um mais corajoso avançou e me deu duas borrifadas de spray inseticida, que só me fizeram tossir.

E aí saiu um jato de saliva da minha boca, uma espécie de espirro de inseto gigante, que fez todo mundo sair correndo, aos gritos.

Mas eles voltavam e eu podia ouvi-los, atrás da porta, falando baixinho: "Chamem a Polícia, os bombeiros." "É melhor chamar o Exterminador Implacável", sugeriu alguém.
E, em certo momento, a porta voltou a se abrir com um estrondo, e apareceu um grupo armado de exterminadores de insetos gigantes.

Eles estavam armados até os dentes, e eu quis levantar os braços para dizer que me rendia, mas só tinha patas e não conseguia erguê-las. Por isso, me limitei a recuar, enquanto repetia, aflito:
– Não me matem, sou o Fred, do quinto ano!
Eu sabia que não parecia em nada com o Fred do quinto ano, mas o que mais poderia dizer?

Foi então que alguém me sacudiu, primeiro devagar e depois com força. Abri os olhos e vi a bibliotecária.

– Sou o Fred, do quinto ano – falei. Mas ela não parecia assustada, apenas me olhava.

– Então? Dormiu? Já vamos fechar – disse ela, como se nada tivesse acontecido.

– Desculpe. Acho que foi do cansaço da aula de Educação Física.

Mas o cansaço passou num instante. Vocês tinham que me ver correr pelo corredor… Eu estava tão contente por não ser um inseto gigante.

– Boa tarde para você também – resmungou a bibliotecária.

O clube das pessoas bem-educadas

Fiquei tão abalado com o sonho da metamorfose que, durante alguns minutos, me observei em cada vidro por onde passava, sempre com medo de ver um inseto gigante. Felizmente, só aparecia um garoto magrinho com medo de se transformar em um inseto gigante.O Alex apareceu e eu perguntei o que ele achava de mim.

Seguimos juntos, conversando e rindo até o Pavilhão B, onde haveria a inauguração da exposição-feira para arrecadar dinheiro (eles chamam de fundos) para o nosso passeio anual. Mas era preciso, primeiro, chegar lá. Perto do portão da escola, estavam três dos grandões do nono ano, dos piores, que se divertem rindo e humilhando os mais novos.

Fingi que nem os vi e, com o Alex ao lado, me misturei a um grupo e caminhei no meio, para passar ainda mais despercebido.

Fiquei olhando para frente, tão preocupado em escapar da vista dos grandões que não vi onde pisava e acabei escorregando numa casca de banana, rodopiando para o lado por causa do peso da mochila.

Não cheguei a cair, mas fiz uma série de piruetas ainda mais ridículas, que fizeram todos ao redor rirem.

Quem ria mais era, talvez, o "macaco sem pelos" que jogou a casca no chão.

Mas todo o grupo dos grandões do nono ano apreciou a cena. Eu e o Alex chamamos eles de "Bando das Cavernas". Eles me lembram todos os dias que já fomos macacos e que evoluímos pouco desde o tempo em que vivíamos nas cavernas e nos reuníamos à noite ao redor de uma fogueira.

Corri para o ginásio e olhei para o céu, não fosse uma pomba ou gaivota se aliviar em cima de mim. Em dias assim, essas coisas acontecem. E como eu estava com azar, no sorteio calhou de eu ficar na banca dos bolos, que era a que tinha mais movimento. A professora de Artes disse:
– Um real cada fatia, não tem como errar.

O Alex acenou do outro lado da sala. Ele estava na banca das velharias, a que tinha menos gente. Quem queria LP de uns tais Beatles e outros do tipo? Já bolos fresquinhos e cheirosos, naquela hora... Era um movimento. Queria lamber o chocolate colado nos dedos, mas não podia, porque sempre tinha alguém olhando.

Mas não havia uma pessoa que dissesse, "Boa tarde", "Por favor", "Obrigado", o que ainda me cansava mais.

Ser educado e gentil faz o cérebro produzir serotonina, um hormônio que diminui a tensão e eleva a disposição. Mas quem sabe disso? Não ensinam para esse povo que a gentileza e a boa educação tornam a vida melhor?

Disse

para uma menina ruiva
que apareceu e ficou me olhando
com uma cara de
O QUE ESSE CARA QUER AGORA?

Caramba. Eu só queria dizer bom dia.

Mas parecia uma coisa estranha dizer bom dia. É assim que os normaizinhos são. E eu que sou o Estranhão? Veio um palerma com cara de buldogue que devia ser o namorado dela. Ele quis saber o que tinha acontecido.

– Ele me disse bom dia – explicou ela.

O bobão ficou ali, pensando se aquilo era uma ofensa ou o que era.

– Mas disse bom dia como? – perguntou ele depois, processando mais a informação.

Mas o que podemos esperar de caras que se cumprimentam afetuosamente com socos e palavrões?

– disse eu, sorrindo. Pra ver se ele entendia que era um cumprimento, não uma cantada nem um elogio. Mas ele só me lançou um olhar ameaçador, enquanto cuspia o chiclete com força no chão.

A menina o puxou pelo braço. Foi a minha salvação. Era só o que me faltava, me meter em confusão por causa de dizer "bom dia". Esqueci logo disso.

Aí está, ter um mínimo de delicadeza e educação é uma estranheza, de um estranhão. Cuspir o chiclete no chão, como ele fez, não era. O Nuno, que vinha passando, pisou nele logo em seguida e, quando sentiu que estava ficando colado no chão, limpou numa cadeira enquanto nenhum dos professores estava olhando.

Foi também nessa hora que eu consegui, finalmente, lamber o chocolate dos dedos. Mas tenho a certeza de que ninguém viu. Nem a menina sorridente que chegou em seguida.

Mas nem "por favor", nem "obrigado", nem nada.

– Obrigado para você também – falei.

– De nada – respondeu ela, como se tivesse me feito um favor.

Não adiantava. Naquela altura, eu já nem ouvia "bolo de chocolate ou "bolo de cenoura", só

Até que, por fim, chegou um respiro de civilização. Veio a professora de Ciências, uma mulher simpática, sempre sorridente. Ela disse:

Eu entreguei a fatia, embrulhada num guardanapo, e ela agradeceu: Obrigada! Ah, foi tão bom ouvir aquilo. Vocês nem imaginam.

Enquanto saboreava esse momento raro de boa educação, uma ideia me veio à cabeça. Não sei se já disse, mas sou capaz de sentir uma ideia chegando, como sinto uma lufada de ar frio nas orelhas, por exemplo. E, então, acrescentei umas palavrinhas ao cartaz, atrás de mim.

Uma fatia de bolo

1 REAL

Uma fatia de bolo, por favor.

70 centavos

Bom dia! Uma fatia de bolo, por favor.

20 centavos

E quem disser "obrigado" no fim,
tem direito a um desconto de mais

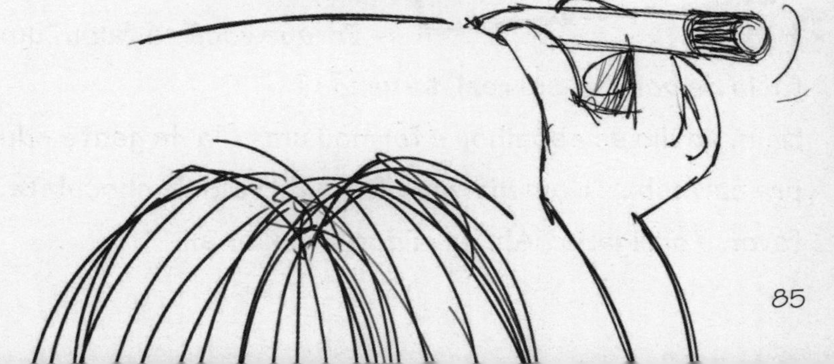

Veio um garoto de óculos e começou a ler aquilo. Depois, disse:

Ele só pagou 10 centavos.

– protestou uma garota.

– Porque você só falou "uma fatia de bolo". É um real, tá vendo?

Bem, aquilo se espalhou e formou uma fila de gente educada pra caramba. "Bom dia, uma fatia de bolo de chocolate, por favor, e obrigado." Ah, dava gosto estar ali.

Mas sempre surgem problemas quando as coisas vão bem. Começou uma confusão, porque os que tinham pagado mais queriam ser reembolsados.

A professora de Artes veio e eu tive que me explicar:

Fui saindo e a professora ficou atendendo as reclamações. A outra, a bem-educada, veio falar comigo quando eu cheguei ao corredor vazio e me disse, quase em segredo:
– Sabe, eu também sou daquelas pessoas que, quando crianças, ficavam de castigo por terem feito ou dito uma besteira ou desobedecido aos pais. Hoje, sofremos de um trauma psicológico muito raro. Chama-se Educação.

– Acho que já nasci assim com essa doença rara. Ninguém me ensinou. Pode ser? – perguntei.
E ela:
– Pode. Não te chamam de Estranhão? E, no entanto, eles é que são.

Ah, é tão bom encontrar uma alma gêmea, alguém como nós. É tão bom sentir que não estamos sós.

– É assim que as coisas são – disse ela.

Eu sabia como as coisas eram. Passava metade da vida ali dentro. Um dia desses, a professora de Ciências, que já tem idade, usou uma expressão estranha que ninguém entendeu.

– perguntou o Alex, que estava atrás de mim.

E continuei a explicação:
– No tempo dela, quando os alunos estavam pensando nas suas coisas, diziam que eles estavam distraídos, sem atenção. Era uma INFRAÇÃO.

Quando comparavam resultados, ou consultavam uma fonte, por exemplo, diziam que eles estavam colando. Era uma INFRAÇÃO.

Quando tinham assuntos para tratar lá fora, diziam que eles tinham faltado. Era outra INFRAÇÃO.

E quando perdiam a cabeça e desabafavam, diziam que tinham falado bobagens. Também era uma INFRAÇÃO.

– Era tudo infração. Ainda bem que acabaram com a palavra, e com as infrações também – disse o Alex, sem levantar os olhos da tela do celular. Ele não estava vendo se tinha mensagem das meninas, não, estava se informando.

Tudo isso me passou pela cabeça enquanto a professora simpática falava do tempo dela e da tal

A maioria das professoras é desse tempo, que deve ter sido bem mais agradável. Entende? Sou aquele tipo de pessoa que tem a vida pela frente e essas coisas me preocupam.

E ainda mais preocupado fiquei quando a professora se despediu e disse:

– Sabe, educação é uma coisa do passado, já não existe. Da maneira que as coisas estão, qualquer dia, você, eu e mais algumas pessoas seremos um pequeno clube, não mais do que isso.

Fiquei esclarecido, mas não gostei de saber que eu era uma espécie em extinção.

Já ouviram falar do CR8?

Num certo sábado, fui com o Alex a uma quadra ver um jogo de futsal do "Andorinhas do Marquês", onde joga o primo dele. Não sei se foi boa ideia, porque, a certa altura, apareceu o tal primo, já uniformizado, com uma proposta indecente. Ele disse:

– Quer jogar, Alex? E você, Estranhão? Fica de reserva, estamos sem gente, faltou pessoal.

O Alex ficou pensando, mas eu respondi na hora:

Eu gosto de futebol, mas não levo tanto jeito como o Alex ou a maioria dos caras. Acho que nasci para ser espectador, a alegria de jogar a bola não é para mim. Dar uns chutes, até aí tudo bem, mas marcar o adversário, avançar no campo em meio a uma multidão de zagueiros, aguentar um tranco de um grandalhão, isso não é pra mim.

– E aí? Vão jogar ou não?

– Eu vou – disse o Alex –, desde que não seja como goleiro.

– Eu fico assistindo. É o que eu faço melhor. E parece que também há vagas para espectador – respondi.

O Alex foi correndo para o vestiário, enquanto eu caminhava, calmamente, em direção à arquibancada.

Sei que o meu pai gostaria que eu me tornasse um jogador famoso, tipo Cristiano Ronaldo ou qualquer outro desses que assinam contratos milionários, têm um jatinho particular e namoram modelos famosas.

Quando era jovem, meu pai foi um jogador medíocre, de um clube da terceira divisão. Ele sempre diz que, se não tivesse machucado um joelho (que ainda hoje dói), teria sido um jogador de primeira.

Como ele não conseguiu, quer que eu compense as falhas dele. Alguns pais são assim, querem que a gente triunfe onde eles falharam, é uma maneira de realizarem seus sonhos, mesmo que de outra forma. Além disso, se eu fosse um jogador famoso, ele poderia chegar no bar e dizer:

Eu sou o pai do Fred. Ensinei ele a jogar ali naquele campinho. Lembro como se fosse ontem.

E ele realmente ensinou, essa é a verdade, mas eu não cheguei a aprender. Até que ele desistiu, para meu grande alívio. O pior é que ele está sempre falando do meu primo Carlos, que joga na base do Vasco. Ele tem a minha idade e já dizem que será o futuro CR7, ou seja, o CR8! Nem mais. Até mandaram gravar na camisa o nome: Carlos Rodrigues. E, embaixo, CR8. Bem pensado, né? O CR7 já está chegando ao fim da carreira, e quando isso acontecer, o CR8 já estará em campo. Poderia existir um mundo sem pelo menos um CR? Logo comecei a imaginar como seria o CR326, lá por 2375, mais ou menos.

Meu tio Vicente, o pai do CR8, é o culpado, pois cismou que o filho vai ser mesmo um craque mundial e jogar no Manchester United, no Bayern de Munique, no Real Madrid. Parece que teve um sonho em que o filho recebia a Bola de Ouro de melhor jogador do mundo, no futuro, acho que por volta de 2035. Como se o filme do futuro passasse na cabeça dele, e só na dele, com 10 anos de antecedência!

O problema é que milhares de pais, em todos os lugares, sonharam o mesmo sonho. Os pais de todos os garotos que vestem uma camisa com o nome de Ronaldo, todos eles sonham o mesmo sonho todas as noites. Em cada rua da cidade, há pelo menos três ou quatro.

Agora, multipliquem por mil ruas de mil cidades de mil países e vejam quantos são. Só eles já formam um grande clube. Se houvesse organização, teriam um sindicato, uma cantina, um supermercado, um acampamento de férias, talvez mesmo um país só de pais de futuros CR8.

Quase todos esses futuros CR8, 9 e 10 vão acabar jogando no América de Natal, no Botafogo de Ribeirão Preto, no Joinville, e a maioria nem aí vai chegar. É quando eles têm o choque de realidade e percebem que os sonhos são apenas sonhos, ou seja, belas mentiras que nos ajudam a seguir em frente.

Eu estava tão distraído, pensando nisso, que quase tropecei em uma menina mais velha. Aliás, os espectadores que estavam na arquibancada da quadra eram, na sua maioria, meninas; até me senti deslocado.

Parecia que eu estava assistindo a um desfile da Fashion Week. E, para elas, aquilo não passa de um desfile de modelos, com a bola atrapalhando. Acho mesmo que elas nem olham para a bola, só para os corpos atléticos dos caras, os cabelos deles ao vento.

Por mais incrível que isso possa parecer aos olhos de qualquer garoto, uma bola não significa nada para elas, a não ser que tenha um garoto correndo atrás dela. Não é culpa delas, os cérebros delas simplesmente não têm espaço para o futebol.

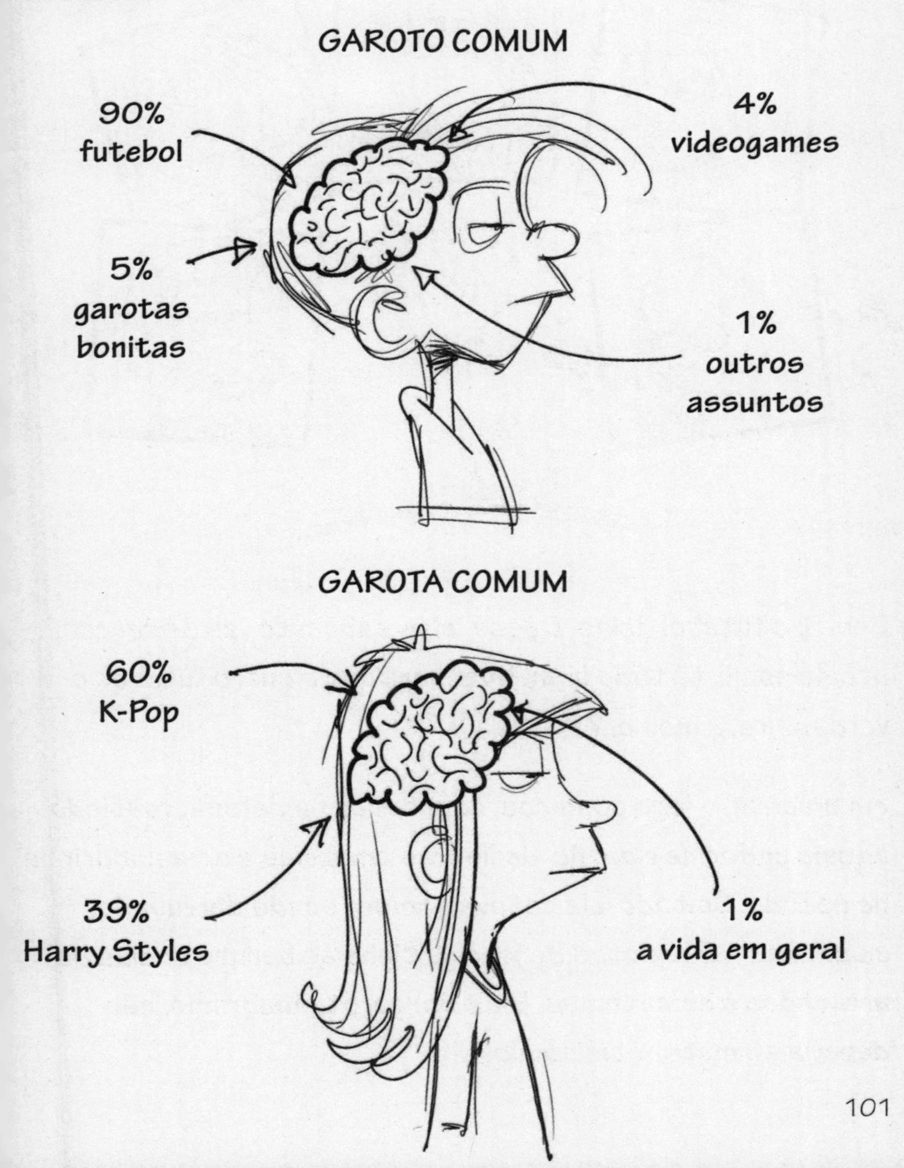

Ao passar, ouvi elas tagarelando. Ligações, mensagens, comentários em fotos dos garotos, claro, e tudo isso com aquela música do BTS colada aos ouvidos.

Esse é o futebol delas. Desse, elas sabem todas as regras, até de cor. E tá tudo bem. Mas será que o outro futebol, o verdadeiro, é melhor?

Finalmente, o jogo começou, com o Alex na defesa, vestindo aquele uniforme ridículo, de listras amarelas e uma andorinha no escudo. Coitado, ele estava sempre sendo derrubado, e com uns 15 minutos de jogo, já tinha as pernas cheias de arranhões e hematomas. Ele é um garoto magrinho, não deveria se meter com aquilo.

Os Andorinhas marcaram um gol, depois os outros marcaram, e assim por diante, o de sempre. Era um jogo como qualquer outro. Os melhores jogadores, percebi depois de um tempo, eram os mais estúpidos. Conhecia os dois melhores, que sempre tomavam a decisão certa.

O Samuel, por exemplo, que deve ter só um neurônio ou dois. Pode ser um idiota para resolver uma equação, ou até para somar 3 mais 2, mas jogando ele era esperto. O corpo dele era inteligente, resolvia todos os problemas na hora: passe para a direita, recuo para marcação, bola enfiada, o corpo dele sempre tomava a decisão certa.

Era também o caso do meu primo, o futuro CR8, que era um perfeito idiota.

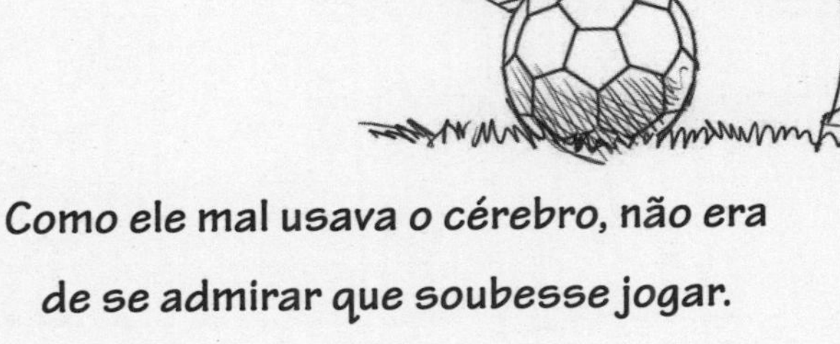

Como ele mal usava o cérebro, não era de se admirar que soubesse jogar.

Eis porque os mais inteligentes escolhem, com razão, outras atividades. Para aqueles que insistirem em jogar futebol, aconselho a deixar o cérebro no vestiário.
Quanto mais burro, melhor jogador. Esse foi o principal resultado da minha observação. Fiquei surpreso... Uma atividade em que os mais estúpidos eram os melhores. Difícil de acreditar.

O Alex, que já não estava jogando muito bem, deixou o cara passar e fazer 5-4 para os adversários dos Andorinhas, cujo nome eu nem cheguei a saber. Coitados dos Andorinhas, nem levantaram voo. Também, com um nome daqueles, dava pra ver que não fariam mal a ninguém. O nome é importante. Se fossem os

não seria a mesma coisa.

Enquanto esperava o Alex trocar de roupa e passar antisséptico nos machucados, alguém jogou uma bola na minha direção. Parei com o pé, sem nem pensar. Dei dois toques que saíram inexplicavelmente bem e devolvi com um terceiro, que também não saiu nada mal.

Só então percebi que o homem que tinha jogado a bola estava de terno impecável e com um grande sorriso amigável. Ele disse:

"Que papinho!", pensei. Mas gostei. Nunca tinha percebido que não pensava quando tocava em uma bola. Ele jogou a bola de novo, dei mais dois toques e minha cabeça parou de pensar. Era verdade. Com o primeiro toque, os pensamentos, até os mais terríveis, aqueles pensamentos-chiclete, sumiram. Num instante, minha cabeça ficou vazia. E, sendo assim, aquilo não era uma bola, mas uma máquina de não pensar. Que grande invenção!

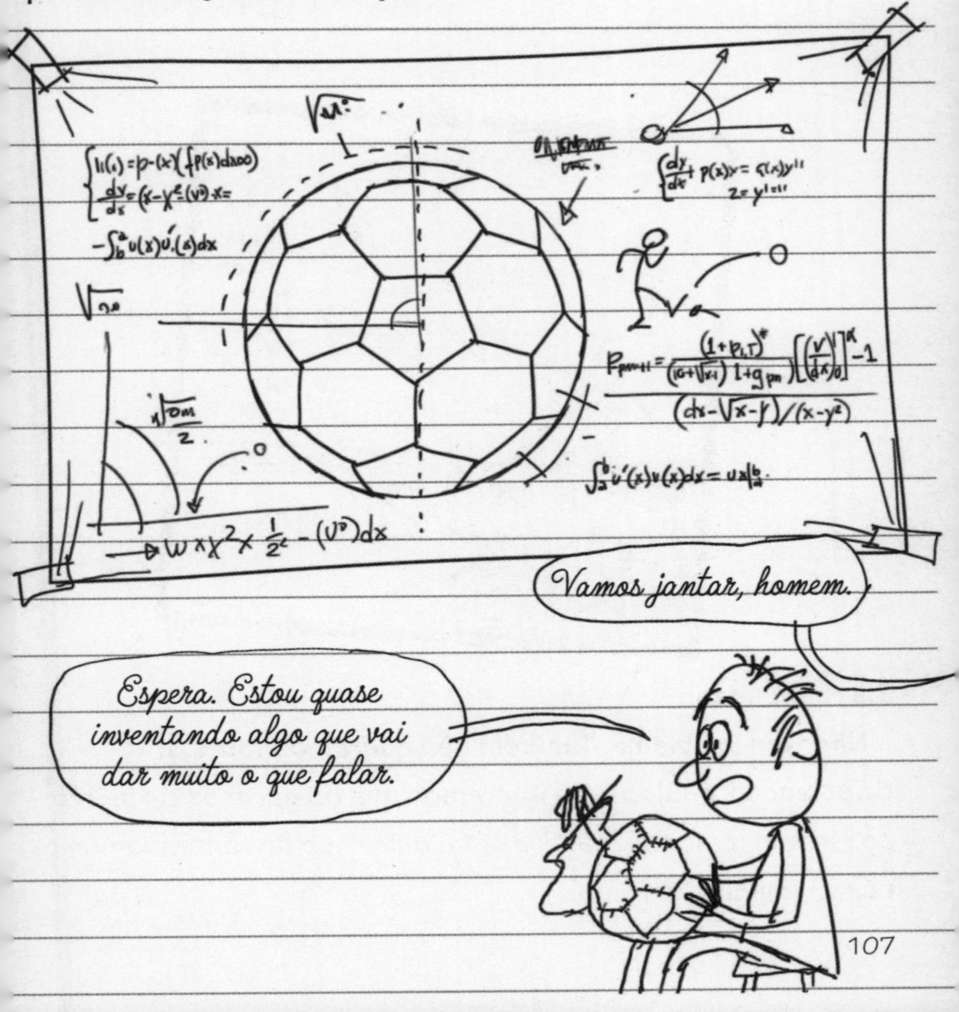

O Alex apareceu, cheio de curativos e bandagens, mancando, e eu devolvi a bola e me despedi do homem sorridente.
– Não quer aparecer nos treinos com seu amigo? Sou o presidente dos Andorinhas nas horas vagas. Sabe por quê? Porque um dia também já fui um Andorinha. Foi a melhor época da minha vida.

Ele respondeu:
– Não tem problema. Também não queremos fabricar Cristianos Ronaldos, só queremos que os garotos do bairro se sintam mais felizes. Pode até dizer que te contratamos por um milhão de reais.

– Vou pensar – respondi, já saindo.

Olha aí: eu estava pensando e ainda ia pensar mais.

Não fazemos mais nada quando não estamos chutando uma bola.

Voltei para casa com o Alex, que mal conseguia andar. Parecia que tinha vindo da guerra, coitado. Mesmo assim, já tinha se inscrito no clube e começaria a treinar na semana seguinte. Talvez quisesse acabar os "tratamentos".

– E você? – perguntou ele.
– Estou pensando nisso. Acha que eu podia ser, tipo, treinador? Presidente, não, porque já tem um.
– Você é muito novo para isso.
– Ok. E cartola?

– Acho que você tem que jogar mesmo – concluiu o Alex, por fim, correndo, mancando e gemendo até o ônibus.
– Até amanhã.
– Até amanhã.
Fui pra casa pensando naquilo. Sei que vou ser um escritor, um professor de alguma coisa, um cientista, quer dizer, um trabalhador intelectual. Mas, por enquanto, eu era apenas um garoto. Por isso, devia me comportar como tal.

Com certeza os grandes homens também jogaram bola, pois um dia também foram garotos. Mas eu juraria que eles não eram bons jogadores, ou então usavam métodos ilícitos.

Jovem Einstein
Então?
Já vai...
Acho que me enganei nas contas.
Jovem Jesus Cristo
Milagre!
Já disse que não vale fazer milagres!

Jovem Shakespeare

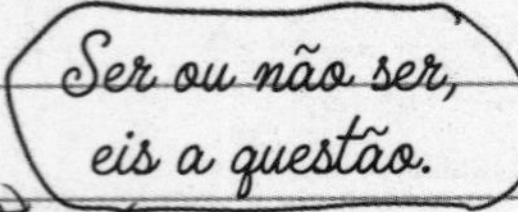

Jovem Houdini (o maior ilusionista do mundo)

Jovem Charlie Chaplin

E até podemos imaginar um vilão jogando bola quando era garoto, do seu próprio jeitinho.

Átila, o huno

É certo que nenhum deles, bom ou mau, foi um jogador brilhante quando era pequeno. Mas também não queriam ser grandes jogadores, só queriam ser garotos.

Quando cheguei em casa, fui pegar a bola que meu tio tinha me dado no Natal e que estava enterrada no fundo do armário. Tinha odiado aquele presente, mas agora olhava para ela com outros olhos. Fui para o quintal com a bola, dei uns toques, chutei contra o muro e confirmei que era verdade.

A máquina de não pensar funcionava perfeitamente.

Parei para pensar

e pensei o seguinte:

Não pensar é o melhor caminho para ser feliz. Certo? Os animais, por exemplo, são felizes porque não pensam se são felizes ou não. Nós não conseguimos ser 100% felizes porque pensamos nisso, exceto, claro, quando estamos sozinhos, ou acompanhados, com uma bola.

Logo, a bola não era apenas uma excelente máquina de não pensar, era a MÁQUINA DA FELICIDADE TEMPORÁRIA (disse temporária porque ninguém pode passar a vida jogando bola).

Fiquei triste de não ter inventado isso. Que invenção! Tinha que ser algo muito simples, sem tubos, botões, telas, roldanas, algo redondo, como a Terra, tão redondinha que até escapa das leis da vida, como disse o presidente dos Andorinhas.

Minha mãe apareceu, trazendo um lençol para estender.
– Jogando bola? Você?
– Que bola, mãe! Isso aqui é a máquina da felicidade temporária. Já ouviu falar?
– Sim, sim – respondeu ela, pendurando o lençol no varal.

Duas invenções para o séc. 21

Mudamos para esta rua antiga da cidade há um ano por causa da crise. Meu avô tinha acabado de morrer, e esta casa ficou vazia, enquanto o banco penhorava nosso apartamento em uma área mais distante por falta de pagamento. Mas, pelo menos aqui, em uma rua antiga do centro da cidade, há vida ao redor.

Aqui, tenho um quarto só para mim, um quintal onde posso observar as estrelas, e não preciso andar no elevador com desconhecidos. O pior é que é uma casa antiga e tem baratas em todos os cômodos. Elas saem dos buracos e nos encaram, como se estivessem perguntando:

Pior: aqui em casa, não tem ninguém capaz de matar uma barata. Por isso, fiz este projeto. Quando pensamos em algo de que precisamos e isso não existe, então me sinto na obrigação de inventar.

Tanta coisa que não existe e que está esperando para ser inventada, e eu não vou fazer nada? Além disso, é emocionante. Pode ser algo insignificante ou maluco, mas é sempre algo que não existia e que passa a existir. E quem é capaz de inventar chinelos luminosos, por exemplo, aos 11 anos, pode acabar inventando a fórmula da energia universal, as viagens no tempo. Com certeza o Einstein começou inventando coisas assim quando pequeno.

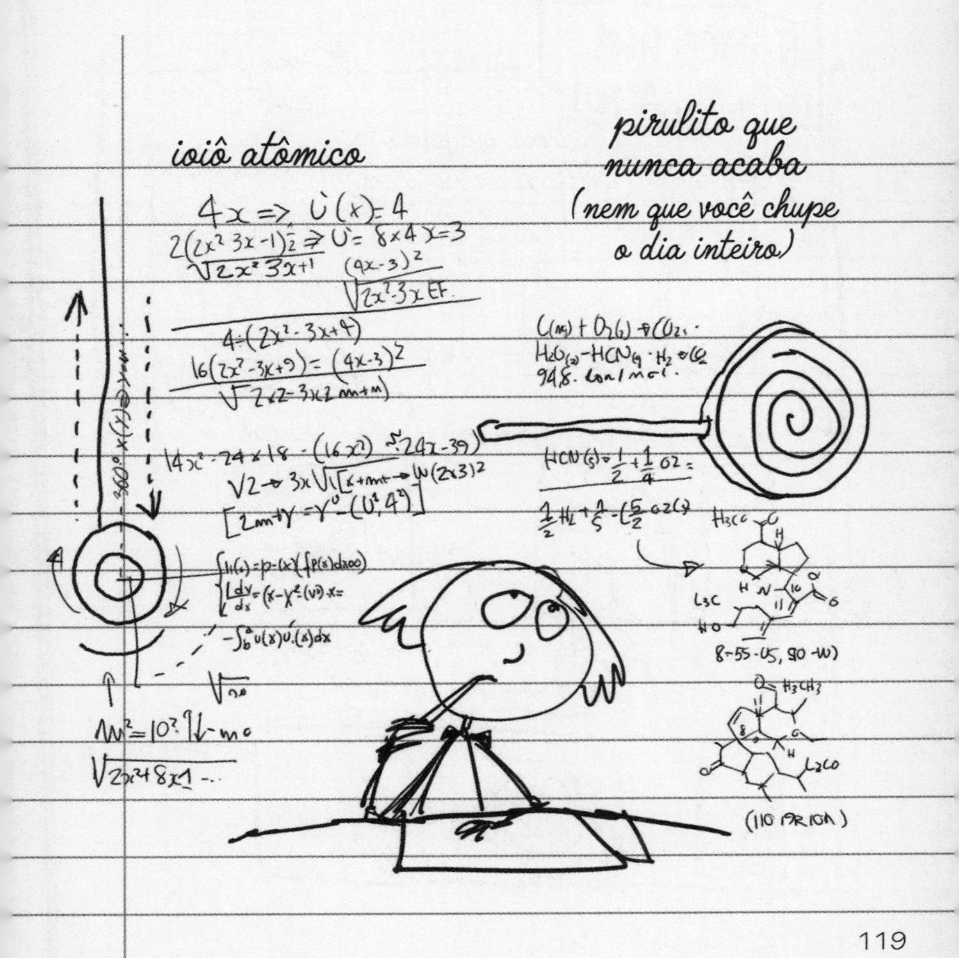

Como disse, só invento coisas de que preciso e que não existem, e também não quero inventar uma dessas coisas doidas e estúpidas que não servem para nada. Li numa revista que uns americanos lançaram no mercado uma máquina elétrica de pipoca que lança uma sempre que ouve a palavra "pop". Acreditam nisso? Mal acabei de ler a notícia, tive uma ideia para uma história em quadrinhos.

Depois do filme
Que tal?
Gostei mais do livro. Vamos ouvir música pop?
O que foi isso?
Você disse pop!
Mas eu estou falando de música, caramba!
Fala que gosta de rock, de sertanejo... Por que tinha que gostar logo de pop?

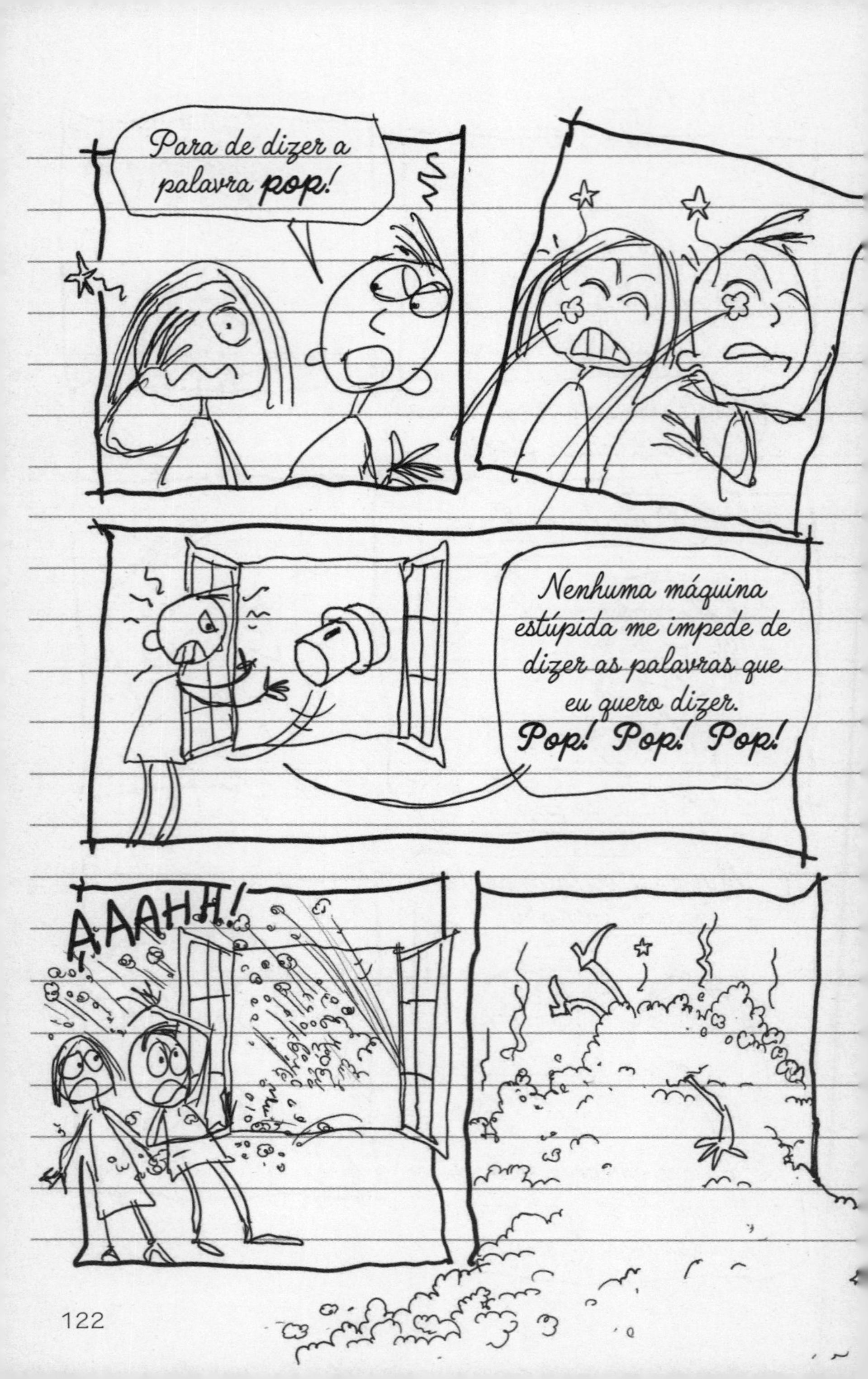
Para de dizer a palavra **pop**!
Nenhuma máquina estúpida me impede de dizer as palavras que eu quero dizer. **Pop! Pop! Pop!**
AAAHH!

Esta história tinha que acabar mal! Comer pipoca é algo que se faz com as mãos, não precisa de nenhuma máquina para jogá-las na nossa boca. Quem quer uma máquina para coçar as orelhas ou para tirar "empecilhos", digamos assim, do nariz? São coisas que têm de ser feitas à mão. Ah, e estou sempre atento ao que me rodeia, pois também não quero que me aconteça como àquele grande inventor que vivia trancado em casa. Inventava, inventava, desde que adormecia até que acordava.

E até dormindo, ele inventava!

O que ele não fazia era abrir a janela, olhar para a rua e ver o que o mundo tinha a dizer. E um dia, ele finalmente abriu a janela e gritou, muito animado:

E como se isso fosse pouco! Parece que também tinha inventado a geladeira, a máquina de lavar roupa, o micro--ondas, o aspirador. Só inventava coisas que já tinham sido inventadas. Eu não. É verdade que também já tive meus fracassos, como as pantufas luminosas muito úteis para evitar dar caneladas nos móveis quando minha mãe se levantava da cama.

Era o Dia das Mães, e eu não queria sair para comprar um cartão. Então, usei umas pantufas velhas dela e coloquei uma lâmpada de lanterna. Foi fácil. O mais complicado foi instalar as pilhas. Coloquei em cima das pantufas e prendi com fita-adesiva. Não ficou ruim. E para ligar e desligar? Bastava pressionar um botão com o outro pé.

Fiz um teste e a luz acendeu, mas só em uma delas, pois parti do princípio de que uma pantufa bastava para iluminar o caminho. Depois, fiz um embrulho com um laço e fui procurar minha mãe, que estava passando aspirador no chão da sala.

– Mãe, deixa eu ver suas canelas... – pedi.

Ela mostrou. Tinha dois hematomas.

Ela ficou pensando. Depois disse:

– Uma vez, sim... Mas por que você quer saber isso? Estou tão irritada hoje.

Dei o presente, mas ela mal reagiu. Foi desatando o laço, enquanto dizia:

– Ah, sim, é o Dia das Mães, e amanhã também é, e depois e depois. Acho que é o ano inteiro, não sei por que vêm me dizer que é hoje.

Minha mãe estava realmente irritada, mas ela ia ver...
Desliguei todas as luzes da casa e fechei as persianas.
Ficamos no escuro. A pantufa brilhava no escuro, como um pequeno farol rastejante. Era linda!

Minha mãe as calçou, embora desconfiada da lanterna.

– Agora vai até a cozinha. A pantufa ilumina o caminho no chão – expliquei.
Minha mãe avançou, com medo, desviando dos móveis.
– Está vendo? Funciona perfeitamente – gritei, animado.
Foi então que se ouviu um estrondo, e a minha mãe gemeu dolorosamente. Ela tinha batido com a cabeça na quina da cristaleira.

Acendi a luz e vi que ela tinha uma ferida na testa, que começou a sangrar.

– Isso só funciona se for junto com um chapéu luminoso – disse ela, a caminho do banheiro para fazer um curativo.

Foi então que a pantufa luminosa teve um curto-circuito e queimou o dedão do pé, antes de se apagar de vez.

Mas ela estava realmente irritada e foi para o banheiro com uma mão na cabeça e mancando.

Como comecei com um fracasso, não pensem que minha vida de inventor é uma piada. Os chinelos para esmagar baratas à distância, que inventei em seguida (já explico o porquê), foram um sucesso total. Mas a coisa deu tão certo, mas tão certo, que tinha que acabar mal.

Tudo começou quando, certa manhã, acordei e vi uma barata passar pelo tapete. Comecei a suar imediatamente. Como também fiquei paralisado, incapaz de mexer um músculo, comecei a gritar, bem alto.

Minha mãe apareceu resmungando:
– Outra barata, não é? Onde está?
Apontei com o dedo, e ela avançou, sem medo. Mas, quando ia baixar o chinelo para esmagar a barata, lembrou-se de que os restos nojentos dela iam ficar colados à sola do chinelo para sempre. Foi assim que a barata escapou. Era sempre assim. Uma barata é uma coisa difícil de matar.

Quando percebi que não estava seguro ali dentro, dei um salto para alcançar a porta e, sem querer, esmaguei a barata, que estava fugindo, desorientada. Fiquei todo arrepiado.

Foi por isso que passei do projeto à construção dos chinelos para matar baratas à distância. Usei uns chinelos velhos da minha irmã e uma colher de pau que estava na gaveta da cozinha. Eu nunca seria um inventor sem a gaveta da cozinha. E, em pouco tempo, algo que não existia passou a existir.

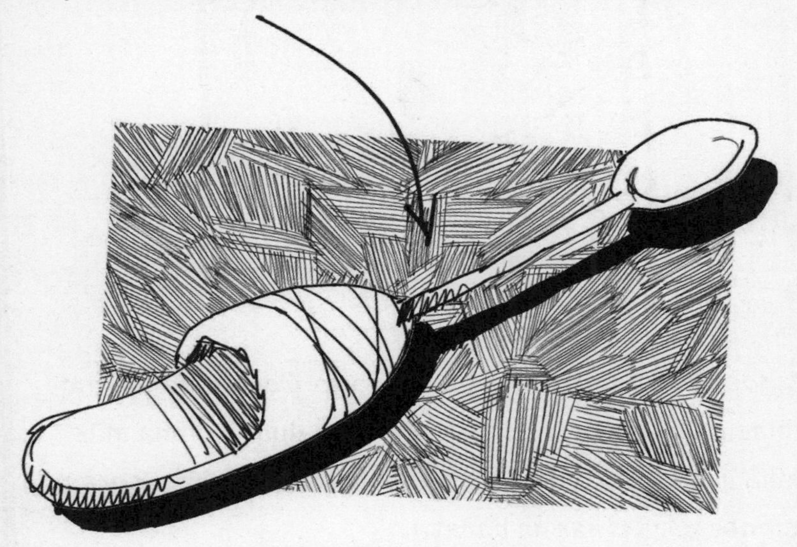

Talvez por isso, durante alguns dias, não apareceram baratas, nem na cozinha, onde costumavam passear o tempo todo. Até que, certo fim de tarde, minha irmã soltou um grito desesperado e saiu do quarto gemendo, num tom lastimoso:

A grande oportunidade tinha chegado. Corri para lá com os chinelos especiais, e lá estavam as duas, minha mãe e minha irmã, com o mesmo problema: não tinham coragem suficiente para pisar na barata.

Tirei a sandália rapidamente e calcei os chinelos especiais.

– Saiam da frente –, pedi, confiante.

Mas a situação não era para tanto. Com aqueles chinelos nos pés, eu demorava para dar um passo, e qualquer barata estúpida era mais rápida do que eu. Pior ainda, derrubei uma luminária e um ventilador.

– Me dá isso aqui ou você vai destruir tudo –, disse a minha mãe, calçando os chinelos para matar baratas à distância. Eles também serviam nela. Como era a própria mobília que estava em jogo, minha mãe acertou o jeito de usá-los e esmagou a barata com a ponta mais avançada do chinelo, como se nada tivesse acontecido.

SCARSCHT!

– É verdade – reconheceu ela, sentada na beira da cama. – Não temos aquela sensação desagradável. Esta invenção está aprovada. Fico com ela, já vi que sou a única capaz de usar.

“Sou um gênio”, pensei, a caminho do quarto. Mas o pior ainda estava por vir.

Eu achava que matar uma barata não tinha importância nenhuma, era só menos uma, mas não era bem assim.
Uma barata é um ser vivo, como qualquer outro. E, no fundo, foi uma grande covardia, pois ela tinha menos de mil vezes o meu tamanho.

Queria ver se eu a esmagaria se ela tivesse o meu tamanho.

Ah, essa barata gigante, sim, poderia vingar todas as baratas que são esmagadas. Ela poderia dizer:

Esse pensamento era assustador. Fiquei arrepiado.
Não sei como fui pensar nisso, uma Barata Gigante que vingava as mortes das baratas pequenas. Eu penso em tanta coisa que logo esqueço, mas esse pensamento nunca mais saiu da minha cabeça.
Era certamente um pensamento-chiclete. Existem tantos. E, com o tempo, ele também se tornou um Pensamento Gigante. Ou como iria caber uma barata tão grande em algum lugar?

A Barata Gigante

Eu sei muito bem que não existem baratas gigantes que aparecem à noite para vingar a morte das baratas pequenas, normais. Isso só existe na minha imaginação. Quando muito, aqui em casa, pode aparecer um ladrão. Na semana passada, assaltaram a casa aqui do lado. Penso em tudo isso na cama, antes de dormir. Mas isso é quando a luz está acesa.

Quando eu apago a luz, já não é bem assim.

Logo ali, entre a cama e a janela do quarto, havia uma mancha ainda mais escura do que a escuridão, e que podia muito bem ser a Barata Gigante. Ela é tão grande que pode arrancar um braço com uma mordida.

Acendo a luz. E nada, o quarto está vazio. É assim que eu me livro da Barata Gigante, que só existe no escuro. São tão bons esses momentos em que a gente sabe que não há mais nada no quarto. E eu pensei: no escuro está aquilo que eu estou pensando que está no escuro. Logo, basta não pensar em baratas gigantes.

É fácil dizer, mas, no escuro, o Pensamento só pensa no que ele quer. É difícil aceitar que não controlamos nosso cérebro da mesma forma que controlamos uma perna ou um braço, mas é assim que as coisas são.

Aquele "caramba" queria dizer que eu teria problemas se não apagasse logo a luz. Foi o que eu fiz. Às vezes, meu pai é mais perigoso do que uma barata gigante imaginária. Eu disse imaginária? Era isso mesmo. Na minha imaginação, quem mandava era eu.

E que imaginei? Ali, no *escuro*, havia monstros por todos os lados, mas eram monstros amáveis e engraçados: zigaletes, que são como ursos de pelúcia que dá gosto de abraçar; cronopins, que são parecidos, mas não param de rodopiar; três pimpampuns, uns diabretes que andam sempre com a língua de fora e pregam peças uns aos outros o tempo todo; e ainda um grupo de palavrões, que são criaturas sem modos, que só dizem bobagens.

Eram quase todos monstros feios, mas inofensivos e animados, que só queriam brincar, correr, pregar peças, e mais nada. Estava dando certo. Num instante, o escuro se tornou um lugar agradável, bem frequentado.

– Tudo bem, pessoal? – perguntei.

– Tudo bem – respondeu um cronopim, sem parar de rodopiar.

– O pior é esse cheiro de alguém que está aqui ao lado, não sei fazendo o quê. Ocupa um espaço enorme, e a gente mal consegue se mexer.

– Quem? Quem está aí ao seu lado?

O cronopim respondeu:

Não adiantava. No escuro, todos os pensamentos acabavam na Barata Gigante.

Acendi a luz e varri todos para longe: zigaletes, cronopins, palavrões; e também a Barata Gigante.

"Inferno" era o sinal vermelho.
Na próxima vez, meu pai viria aí.

Apaguei a luz novamente, mas só depois de verificar mais uma vez que a Barata Gigante não tinha se escondido debaixo da cama. Ela não cabia no armário, mas fui verificar lá também. Depois, no escuro, tentei não pensar em coisas gigantes, para começar, mas vocês sabem como é: só pensamos no que quer ser pensado. Monstros horrorosos, como a Barata Gigante, são criados pelo meu medo. O medo é o monstro maior, o que gera os outros todos. De onde vem ele, o Medo? Acho que ele vem de fábrica, pois já nascemos com ele e nunca nos separamos.

Vocês sabem como tudo começou? Tudo o que sentimos – medo, amor, ciúmes, rancor – foi herdado daqueles que viveram antes de nós, desde o começo, pois foi com eles que tudo começou. Para eu mesmo entender melhor, inventei um garoto, o Grog, que vive com uma família como a minha numa caverna...

À noite, o Grog está dormindo, enrolado numa pele, em um canto da caverna, onde cheira a excrementos de corujas e morcegos. Faz um tempo que a última tocha se apagou, e agora ele vê uma sombra crescendo na parede da caverna.

Era a sombra do tigre-dentes-de-sabre, dava para notar bem por causa dos dentes, mas ele também parecia assustado. A sombra desapareceu, e outra sombra apareceu atrás dela. Mas como uma sombra poderia perseguir outra sombra? E que animal poderia ser ainda maior e mais perigoso que um tigre-dentes-de-sabre?

Ele tentou acender uma fogueira com duas pedras, mas nada. Chamou pela mãe, que não o ouviu... Seja o que fosse, estava ficando cada vez maior, e, sendo tão grande assim, só podia ser...

Saber de onde vem o medo não tirou meu medo. Saber qual era o problema; e pensar, pensar. Se eu não soubesse tanta coisa, se eu não pensasse em tanta coisa... Tanto pensei nisso, tanto amaldiçoei o Grog e os filhos dele, que acabei adormecendo e caí num sono profundo e reparador, só acordando de manhã, com o quarto cheio de luz, clareza, definição. A realidade. Que alegria! Quanto tempo não a via.

Foi então que a vi: a barata pequenininha, real. Estava a meio metro dos meus pés e tinha a cabeça levantada, como se estivesse tentando me dizer alguma coisa.

Não sei como, mas percebi que ela estava explicando que as baratas, as minúsculas baratas, são seres vivos, como nós.

Ela dizia que vivia ali porque tinha nascido ali, não tinha outro lugar para ir. E que tinha tanto direito quanto eu de andar pela casa. Eu concordava com a cabeça, embora não tivesse certeza de que ela entendia.

E ela continuava falando:

– Quando vemos uma criatura do seu tamanho, também ficamos em pânico e gritamos: Olha, um gigante!

E também achamos vocês repugnantes, com essa pele, esse jeito desengonçado, essa falta de patas e de estabilidade (e falta de outras coisas também, que nem vale a pena falar agora). Só que não podemos esmagar vocês com um chinelo. Às vezes, nem temos tempo de fugir. Mas a Barata Gigante...

Eu a interrompi para dizer que estava entendendo perfeitamente e prometi que não mataria mais baratas e que ia destruir o chinelo para matar baratas à distância.

Nunca mais pensaria em coisas dessas. E então ela disse, e eu ouvi:

Era o que eu queria ouvir e disse que sim, sim, sim, que nunca mais na minha vida. Minha irmã entrou no quarto e ficou olhando para mim, muito espantada.

– Agora fala sozinho? – disse ela. – É mesmo o Estranhão.

Foi então que ela viu a barata e começou a gritar. Mas depois ganhou coragem e decidiu:

– Vou matá-la. Parece que está olhando para nós.

Eu segurei minha irmã pelo braço.

– Não! Elas são seres vivos como nós, também merecem viver.

A barata se assustou com a gritaria e se enfiou no buraco de onde tinha saído. Antes, virou de lado e suponho que estava se despedindo de mim, do jeito das baratas.

Ou então, eu imaginei tudo, até aquela conversa. Há certas coisas que eu não sei se imaginei ou se realmente aconteceram, porque elas se misturam na minha cabeça.

– Agora, defende as baratas? Você está mais estranhão ainda! – disse minha irmã.

Será? Às vezes, penso que sim, que ela tem razão.

A sinfonia do amor

Começou a primavera, diz o calendário, e também a galera da rádio e da televisão. Deve ser verdade, porque dá para sentir, em todo lugar, um alvoroço, uma vibração. E não são só as pessoas que acordam de manhã mais animadas, dispostas a fazer coisas arriscadas, é assim no mundo inteiro: lagartixas, flores, formigas, baleias, passarinhos, rinocerontes, homens, mulheres, meninos e meninas, todos querem namorar, de qualquer jeito.

Sabem o que é isso? Eu sei: é a sinfonia do amor. Lá, lá, lá, lá... E se não é a sinfonia do amor que faz o mundo girar, então o que será? Comecei a pensar em como tudo deve ter começado, há três milhões de anos, quando nossos antepassados começaram a formar e desfazer casais.

Provavelmente, Zit, a irmã mais velha de Grog, namorava quando as tribos se reuniam no início da estação seca e se apaixonou por um rapaz que fez o melhor cortejo.

Passeou com ele entre os arbustos, beijou-o, abraçou-o e ficou acordada a noite inteira, eufórica. Quando ela e seu amigo especial andavam juntos pelas planícies, à procura de melões e sementes, deve ter se sentido feliz. Tinha começado a sinfonia do amor.

Depois, os dois se cansaram com o passar dos dias e se separaram, numa manhã, e se juntaram a grupos diferentes. E então ela se apaixonou de novo.

E foi assim que os filhos da Zit e de outros apaixonados passaram a química do amor, do afeto e da inquietação, até chegar a nós, que estamos condenados a repetir tudo. Minha irmã, por exemplo, repete e repete e repete, pois é capaz de se apaixonar três vezes numa primavera.

Até meu amigo Alex, tão tímido e quieto, arrumou uma namorada aqui na escola. Isso depois de ter fracassado em uma tentativa desesperada que começou na internet. Ele me pediu para não contar a ninguém, mas enfim, lá vai. Não é fácil guardar um segredo desses. O Alex arrumou uma namorada bonita na rede social e pensou: "Pronto, está chegando o amor". Mas, quando foi ver na vida real (que é o que importa nesses casos), levou um baita susto!

Ela ainda tinha uma verruga no pescoço, cheia de pelos. Ele quase ficou curado de vez da doença do amor. Teve de dizer que tinha se esquecido de fechar a porta de casa e saiu, correndo. Quando ele me contou, eu tive logo uma ideia para uma tirinha:

Como sempre, naquela tarde, encontrei com o Alex no ponto de ônibus, perto da escola, para fazermos juntos o resto do caminho até a escola. Ele estava contente por finalmente ter arrumado uma namorada, mas também estava triste porque os pais dele iam se divorciar. Era uma coisa começando e outra acabando.

– Por quê? – perguntei.

– Parece que meu pai arrumou uma namorada mais nova – respondeu ele.

E eu:

– É o costume.

Os homens casam quantas vezes for preciso, desde que seja com mulheres cada vez mais novas. Já digo que, se fosse mulher, só casaria com um arqueólogo.

Quanto mais antiga eu fosse, mais ele gostaria de mim. Iria me adorar quando eu fosse um fóssil (se ele, nessa altura, não fosse um fóssil também).

– Eles se davam bem, no começo, mas depois... – lamentou o Alex.

– O amor acaba – falei – e só ficam os problemas. Esses é que nunca acabam.

É verdade. À noite, na cama, quando morava no outro apartamento, eu ouvia bem o barulho das discussões de todos os casais do prédio. Era a sinfonia do DESAMOR, que é quando o amor anda para trás.

– Mas por que as pessoas se casam, então? – perguntou o Alex. Respondi que elas precisam se unir para poderem caminhar pela vida.

– Nunca ouviu dizer que 1 + 1 é = 1 na matemática do amor? Isso é porque, quando o casal se junta, nasce uma nova pessoa feita dos dois. Como funciona isso? Ora, é como se cada um deles fosse uma perna dessa nova pessoa. Como uma perna precisa da outra para poder caminhar, elas se apoiam, se revezam, colaboram, porque sabem que só assim poderão avançar.

Mas a nova pessoa, além de duas pernas, também tem duas cabeças, a dele e a dela. E as cabeças não fazem tarefas básicas. As cabeças pensam, e esse é o problema. Se uma cabeça é uma fonte de dúvidas e contradições, duas são uma dor de cabeças.

O Alex olhou melhor para o desenho que fiz na terra com a ponta de um galho seco.

– O que te parece? – perguntei.

– Parece um monstro – respondeu ele.

E era mesmo. Era o monstro do amor.

Continuamos caminhando, enquanto eu explicava que a culpa disso tudo era dos caras das cavernas, que começaram com esse estranho hábito de formar e desfazer casais há três milhões de anos. Ele achou graça e quis saber se eu gostava de usar tênis Nike porque, um dia, alguém fez o mesmo, há três milhões de anos.

– Talvez – respondi. – Não me surpreenderia.

Já com a escola à vista, o Alex se despediu de mim.
A Cátia, do 5º B, estava esperando por ele, e lá foram, lado a lado, conversando.

Deus não deveria dar hormônios a menores, fala sério. Mas nos arredores da escola, e até mesmo lá dentro, só se via isto: casais namorando. Só se ouviam risinhos, sussurros, suspiros. Era a sinfonia do amor. Estava tocando.

Só eu não entrava na música, e ainda bem. Não estou preparado para isso. Gosto de pensar no amor, mas, por enquanto, só como observador e estudioso. O problema é que ninguém sabe o que é o amor. Você pode ler milhares de livros e explicações e sempre chega à mesma conclusão.

Se você pesquisar no Google "O amor é...", encontra 1.922.665.000 resultados. Mas pode ler todos que nenhum deles vai te dizer o que o amor é. Muitos dizem coisas lindas sobre o assunto, mas não passam disso. O amor... Quando penso nisso, vejo um precipício, um abismo. Não se sabe onde vai parar.

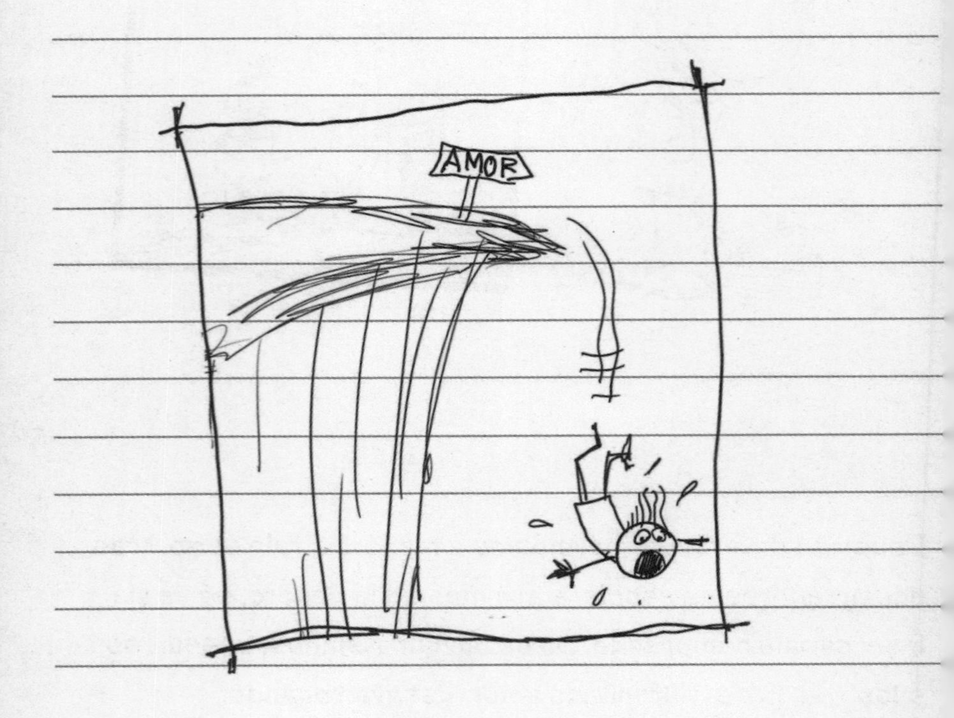

Mal sabia eu que esse pensamento, embora sensato, não teria muito tempo de vida. No fim da tarde, assim que cheguei em casa e larguei a mochila, ufa!, a minha mãe me puxou pelo braço e me levou de volta para a rua.

– Tá falando do quê? – perguntei.

Ela estava falando da liquidação de roupas esportivas na Centathlon, o meu pior pesadelo.
Lá dentro, estava uma multidão, e era preciso fazer muita força para arrancar um pouco de ar do ar. Todos tentavam chegar à frente, para poder remexer furiosamente nas caixas com peças de roupa, à procura do número de ouro, que era o número certo. Quando conseguiam encontrar, erguiam a peça no ar com os dois braços, como um atleta olímpico exibindo sua medalha de ouro.

Enquanto perambulava por entre as pessoas, tentei pensar em qualquer coisa para me distrair e não lembrar que estava ali dentro. Mas só conseguia pensar que não estava pensando que eu estava ali dentro: estava mesmo ali dentro. Em dado momento, cruzei com o Alex, que estava lá também com a mãe e a irmã. Mas nem conseguimos nos aproximar e só acenamos um para o outro.

Quando me viu, a irmã dele, a Ana, sorriu e mostrou um espacinho entre os dois dentes da frente. Além disso, ele já me disse que ela me acha bonito. Mas não me entusiasmo com isso. Como disse, tento me manter longe das garotas.

Era verdade.

– Está com a cabeça no ar, você quer dizer, está sempre no mundo da Lua – disse, por fim, minha mãe.

Fiquei pensando naquilo. Lunático, eu? Era verdade que... Mas... Me aproximei e entrelacei meu braço no dela. Depois, disse:

Bem me parecia, pela conversa, que aquela não era minha mãe. Me desfiz em desculpas, muito envergonhado, e fui à procura dela. Quando a encontrei, disse que estava me sentindo mal para poder ir lá para fora e respirar ar puro.

Passando pelo meio da multidão alucinada, consegui escapar para fora, onde havia ar e um espaço imenso sem gente.

Aí, me encostei a uma mureta e comecei a olhar a Lua, como costumam fazer os lunáticos. De repente, senti uma respiração ofegante atrás de mim.

Era uma voz fina, que soava como um pequeno sino. Virei e era a Ana, a irmã do Alex, sorrindo, ainda mais do que o costume, talvez para mostrar melhor o espacinho bonito entre os dentes da frente. "Também deve ter vindo para fora para poder respirar", pensei, mas não era bem isso (vocês já vão ver).

Eu, ela e a Lua

Lá estávamos nós, eu e a Ana, a irmã do Alex, sob a lua cheia.

– Quem diria que é só um fragmento que, um dia, se soltou da Terra... – falei, para quebrar o silêncio.

– Sério? – perguntou ela, interessada.

Eu continuei logo:

– Há milhões de anos, a Terra colidiu com algo muito maior que arrancou um pedaço dela. A Lua é esse pedaço, que ficou ali rodando até entrar em órbita. Devíamos chamá-la de pedacinho da Terra.

Ela torceu o nariz e disse:

– Para mim, continua sendo a Lua, não um pedaço da Terra. A Terra também é um pedaço de alguma coisa, não é? E você, e eu.

Eu continuei, como se nada fosse.

– A Lua fez a Terra girar mais devagar, a uma velocidade de 29,79 quilômetros por segundo, porque até então o dia durava só cinco horas. Entende como era? Você acordava, tomava o café da manhã e, quando estava realmente desperta, no final da manhã, já estava escurecendo. É por causa dela que os dias são mais longos.

Eu sabia que estava falando demais. Parecia que tinha engolido um documentário inteiro da National Geographic.

Era o nervosismo, pois não estou acostumado a ficar a sós com uma garota sob a lua cheia.
Mas ela escutava pacientemente e, enquanto eu explicava os mistérios do Universo, ela ia catando, com a ponta de dois dedos, as bolinhas da minha camiseta.

Entendem o que quero dizer? Era esse tipo de garota: maternal. Isso quer dizer que estava prestes a tomar conta de nós e a nos transformar em bobos engordando em frente à televisão.

Por isso, tratei de me defender. Mas...
– Seja como for, a Lua é romântica – disse ela. – Os cartões dos namorados têm sempre a Lua por cima. Mas você começa a explicar essas coisas...
Quando ouvi aquela palavra, "namorados", mudei de assunto. Sei que um dia terei de namorar também, mas ainda não estou com vontade.

– Sabe – falei –, estamos pousados em cima de um pedaço de rocha que está à deriva no espaço imenso, onde tudo está à deriva. Neste momento, outro asteroide enorme pode estar vindo em nossa direção.
O que eu fui dizer... Ela fechou os olhos e disse:
– Quero que você me beije antes que ele colida com a Terra. Depressa! Não quero morrer sem ser beijada.

Tentei consertar o erro imediatamente e expliquei:
– Sabe, quando disse "agora", queria dizer que isso pode acontecer daqui a cem ou duzentos anos. Pode ficar tranquila.
Ela arregalou os olhos, irritada:
– Tranquila? Como? Se também pode acontecer agora!

Voltei a me defender.
– Não precisamos ser namorados primeiro? – perguntei, tentando ganhar tempo.

Isso era verdade, pensei. Mas por que esse garoto e essa garota não podiam estar apenas em cima da mureta conversando sobre o espaço? Por que também de se beijar?

Ela continuou:
– Sei que você é um rapaz inteligente, culto... Talvez saiba até qual é a reação química que acontece quando há um beijo em cima de uma mureta numa noite de lua cheia.

– Sim, faço uma ideia... – comecei, e ela mandou eu me calar.
– O seu problema é esse. Sabe demais. Isso estraga tudo. Por exemplo, se eu estiver comendo uma romã, não preciso de nenhuma explicação sobre isso. Namorar, dar um beijo numa noite de luar, é igual. Fazemos as coisas e não perguntamos por que as fazemos.

Aquilo era bom de ouvir, mas eu já tinha pesquisado antes e sabia que, num beijo, trocamos:

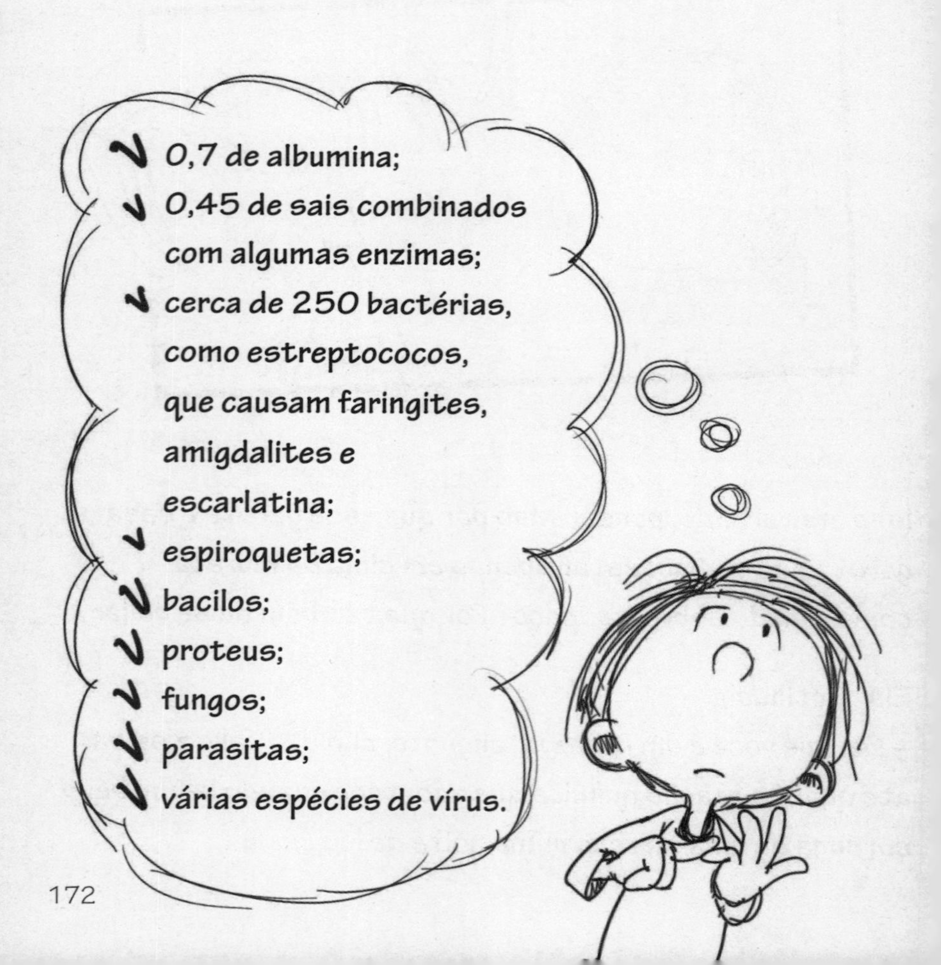

Aviso: Existem mais seres vivos na saliva do que habitantes no país inteiro. Mas isso, trocar beijos e estreptococos, era o que naquele momento milhões e milhões de pessoas pelo mundo estavam fazendo. O que eu não entendia era como não acontecia nada com toda essa gente.

E eu até sabia como essa mania tinha começado.
Mas não disse nada, só pensei.

A avó do Grog e da Zit (e as outras mulheres daquele tempo) mastigava a comida sólida até transformá-la em uma papa, que passava aos bebês pela sua boca. Um dia, ela achou que seria agradável fazer isso para o marido, quando ele chegou da caça. Assim, sem comida, só por fazer.

A princípio, ele não achou graça, mas, alguns dias depois, era ele quem a procurava para fazer aquilo. Eles não sabiam, mas a filha deles e um rapaz da mesma idade já tinham descoberto aquilo há algum tempo, num recanto do bosque.

Assim nasceu o beijo. Para quê? Não podiam ficar cada um com suas próprias bactérias? Era o que eu estava pensando quando a Ana me perguntou no que eu estava pensando.
– Em nada – respondi. – Não estava esperando por isso, vim com a minha mãe comprar umas camisetas.
Ela disse, entrelaçando a minha mão na dela:
– Não se preocupe, eu não quero casar com você. Só quero ser beijada por um garoto numa noite de lua cheia. Antes que a Terra seja atingida. E então? Vai me beijar ou não?

Soou a sirene de um carro da polícia e eu me encolhi todo, com as mãos tampando os ouvidos.

– O que foi? – perguntou ela.

Não respondi, pois a sirene ainda podia ser ouvida ao longe, mas pensei que aquilo talvez fosse algum sinal de uma situação de perigo. Algo estava prestes a acontecer.

Fiquei ali, sentado na mureta, de olhos arregalados, esperando. Estava tão perto que eu podia sentir o perfume da pele dela e ouvir sua respiração ansiosa. E então, ela se aproximou mais e me beijou.

Tinha lido num livro que se sentiria um calor cósmico, transcendental, mas eu não senti nada disso.
Só uma coceira no nariz, não sei se isso conta.

Experiência cósmica? Caiu uma pedra ao nosso lado.
– É um asteroide? – perguntou ela, olhando para o céu.
Não. Era apenas uma pedrinha lançada pelo Alex. Ele tinha saído da loja e estava nos olhando, de boca aberta.

Me desequilibrei e caí da mureta, depois de me agarrar desesperadamente a um pedaço de ar. A Ana começou a rir, e o irmão também. Acho que foi mais uma experiência cômica. E transcendental? Não, foi só uma primeira vez, que é sempre a tal (vocês sabem).

– E agora? – perguntei, tentando me orientar.

Se o beijo é a porta do amor, como dizem, eu já estava lá dentro, talvez no hall de entrada.

Já disse que não estava interessado em namoro, mas também me custava não fazer parte da sinfonia do amor. Ora, para isso, precisava escolher alguém com quem COMPLICAR a vida, que é sempre disso que se trata. E melhor do que escolher era ser escolhido. Ou não? Eu já estava cansado. Desde que não tivesse de dizer "Eu te amo", como nos livros e nos filmes, porque aí é que estaria comprometido, ou seja, perdido.

Também é verdade que eu não senti nada de especial durante o beijo (e depois também não). Isso queria dizer que meu cérebro continuava intacto e ainda não tinha sido invadido por nenhuma química perigosa. Ótimo! Mas se ela gostava de mim, já era metade do que era preciso. Era, pelo menos, meio namoro; e mais fácil de controlar, menos perigoso do que um namoro completo.

Queria resolver a coisa antes que minha mãe aparecesse me chamando. Ela disse que sim com a cabeça e um sorriso daqueles, o que foi agradável, mas isso foi antes de começar a complicar as coisas (não falei?).

– Uma carta – gemi, aflito. – Papel? Corações? Mas isso é impossível de arranjar. Teria de viajar no tempo e comprar isso numa velha papelaria do século 19. Não pode ser um e-mail?

– Sim, um e-mail de amor. Não soa tão bem, mas enfim – concordou ela, por fim.

Quis perguntar se havia uma norma, como quando vamos preencher um formulário numa repartição pública, mas fiquei calado. Ficar calado, nesses casos, é quase sempre uma boa opção.

A mãe dela apareceu na porta da Centathlon e ela se despediu e correu para lá; e eu também, porque começou a chover.

À noite, no quarto, me dediquei ao e-mail de amor. Fiz uma pesquisa na internet, mas só encontrei coisas patéticas, típicas de adultos e outros bobos.

Eu inventaria meia dúzia de coisas mais rapidamente ou escreveria uma história maluca, ou um poema; é o que eu mais gosto de fazer. Mas não era bem isso que ela queria. Eu achava que ela esperava algo mais normal, uma espécie de formalidade, entendem?

Fui perguntar para minha irmã se ela tinha cartas ou e-mails de amor e se me deixaria ver um ou outro; mas ela estava falando com uma amiga no celular, que é praticamente uma extensão do corpo dela (ela nunca o larga, nem para comer). Fiquei por ali e vi, em cima da mesinha, um cartão de Dia dos Namorados, com corações, um dos vários que ela tem recebido. Sem que ela visse, virei ao contrário e só consegui ler o começo:

Que horror!
Larguei logo aquilo,
arrepiado.

Fui para a internet pesquisar a correspondência amorosa de gente mais qualificada e comecei pelas cartas de amor do grande poeta Fernando Pessoa para sua amada Ofélia.

Olha só isso! Bebê? Vai mimir? O grande Fernando Pessoa estava no mesmo nível do namorado da minha irmã. O amor nivela as pessoas diferentes, deixando todas no mesmo patamar de imbecilidade.

Não quis ver mais nada. Mas eu tinha de agir naquele dia e o tempo estava passando. E ainda nem sabia como chamaria a Ana. Caramela, nem pensar, e bebê também não. Ainda assim, fiz uma lista para me ajudar a decidir. Detesto tomar decisões, porque só tenho dúvidas, nunca certezas.

Foi o que fiz. Fechei a porta do quarto e me certifiquei de que ninguém, em lugar nenhum, poderia me ouvir, e liguei com a desculpa de que estava sem internet. E então, bem baixinho, para nem minha sombra ouvir, disse que, por ela, eu seria capaz de atravessar o oceano Atlântico a nado, de escalar o monte Everest, de...

O que eu fui dizer...

– NEM QUE CHOVA – *exigiu ela.*

E quanto ao namoro, ao nosso namoro, ela também já tinha pensado.

Nos fins de semana, me encontra no jardim e vamos ao shopping, ao cinema ou algo assim. Nos dias de aula, me espera no ponto de ônibus e vamos juntos para a escola. Depois, nos intervalos, me encontra perto das árvores. Quando estivermos a sós, podemos dar as mãos; fora disso, não, ou as pessoas começam a pensar: "Olha eles, tão novinhos e já estão nessa!" Beijos também só quando não tiver ninguém vendo, em qualquer lugar. Ah, e já sabe que não pode olhar para as outras garotas. Essa regra é a mais importante.

Não tive tempo de tomar nota e fiquei com medo de esquecer alguma coisa. Aquilo parecia um alistamento militar. Sim, senti como se tivesse acabado de ingressar no Exército, ou algo assim. Seria o EXÉRCITO DO AMOR?

Bem, desde que não me obrigassem a vestir um uniforme... E finalmente eu tinha uma namorada, como todo mundo. Também fazia parte da sinfonia do amor, como o Alex, minha irmã, os vaga-lumes, as lagartixas, as andorinhas, as baleias, as flores...

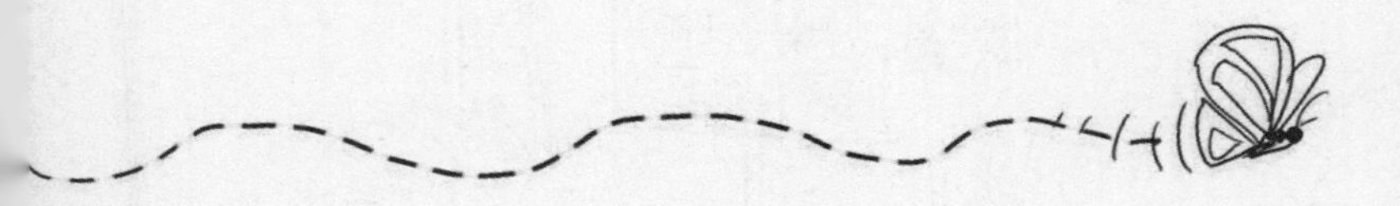

Ah, podia ouvir a sinfonia em todo lugar que olhasse, em cada lugar que fosse. Era uma corrente; e lá ia eu, também, a caminho do tal abismo, muito sorridente, e sem pensar, nem por um segundo, no que poderia acontecer. Mas não dizem que isso, sim, é que é viver?

Fim

Texto fixado conforme as regras do novo Acordo Ortográfico da Língua Portuguesa (Decreto Legislativo nº 54, de 1995).

Editora responsável: Jaciara Lima
Preparação: Marina Candido
Revisão: Marcelo Vieira e Karoline Aguiar
Ilustração: Carlos J. Campos
Diagramação: Ilustrarte Design
Adaptação de capa: Carolinne de Oliveira

CIP-BRASIL. CATALOGAÇÃO NA PUBLICAÇÃO
SINDICATO NACIONAL DOS EDITORES DE LIVROS, RJ

M164e

Magalhães, Álvaro, 1951-
O estranhão / Álvaro Magalhães; ilustração Carlos J. Campos. - 1. ed. - Rio de Janeiro: Globo Clube, 2025.
192 p. : il. ; 21 cm. (O estranhão ; 1)

ISBN 978-65-85208-34-5

1. Ficção. 2. Literatura infantojuvenil portuguesa. I. Campos, Carlos J. II. Título. III. Série.

24-93436 CDD: 808.899282
CDU: 82-93(469)

Meri Gleice Rodrigues de Souza - Bibliotecária - CRB-7/6439

1ª edição, 2025

Direitos exclusivos de edição em língua portuguesa, para o Brasil adquiridos por
Editora Globo S.A.
Rua Marquês de Pombal, 25 — 20230-240
Rio de Janeiro — RJ
www.globolivros.com.br

Pensou que minhas aventuras
acabaram aqui? Pensou errado!
Aguarde os próximos títulos
da coleção!

Este livro foi composto na fonte Tekton Pro e
impresso em papel pólen natural 80g/m², na gráfica Santa Marta.
São Bernardo do Campo, Brasil, maio de 2025.